세상에 이런 가족 : 웃기거나 짠하거나

초판 1쇄 펴냄 2015년 10월 8일
    3쇄 펴냄 2019년 12월 5일

지은이 김별
펴낸이 고영은 박미숙

펴낸곳 뜨인돌출판(주) | 출판등록 1994.10.11.(제406-251002011000185호)
주소 10881 경기도 파주시 회동길 337-9
홈페이지 www.ddstone.com | 블로그 blog.naver.com/ddstone1994
페이스북 www.facebook.com/ddstone1994
대표전화 02-337-5252 | 팩스 031-947-5868

ISBN 978-89-5807-588-2 03810

이 도서의 국립중앙도서관 출판예정도서목록(CIP)은 서지정보유통지원시스템 홈페이지
(http://seoji.nl.go.kr)와 국가자료종합목록 구축시스템(http://kolis-net.nl.go.kr)에서
이용하실 수 있습니다. (CIP제어번호 : CIP2015026654)

세상에 이런 가족

웃기거나 짠하거나

김별 글그림

뜨인돌

차례

엄마가 엄마의 엄마를

벚꽃엔딩

할머니 vs 손녀

내 나이가 어때서

Prologue · 하루

아침이 오면
우리는 모두 각자의 하루를 시작한다.

사회 초년생인
이 집의 막내딸 나도,

30년 동안 한 회사에 다니고 계신
장난꾸러기 아빠도,

아빠를 꼭 닮은
장난몬스터 우리 오빠도,

매력의 끝을 알 수 없는
다채로운 소녀감성 엄마도,

지금 이 책을 읽고 있는 당신도.

아침이 되면 우리는 모두
'하루'라는 반짝이는 선물 상자를 받아 든다.

오늘도 어제와 같은 하루일지,
아니면 생각지도 못했던 놀라운 일들이 벌어질지 알 수 없다.

알 수 없기에,
예측할 수 없기에,
더욱 재미있고 소중한 하루하루를 우리는 산다.

그런데 우리 가족의 하루는
어쩐지 조금 더 예측 불가능하다.

아무것도 모르는
천진한 아기가 되어 버린 할머니와

흐려지는 기억 때문에
매일이 생애 첫 하루인 외할머니 덕분이다.

평범하고도 특별한 그녀들과 함께
남들보다 조금 더 많이 울고 조금 더 많이 웃는
우리 가족의 하루가
오늘도 어김없이 시작된다.

오마니
우리 오마니

그래서 여가 어딘디?

"여가 어디여?"

"여기 아들 집이지!"

"아들이 어디 있는디?"

"여기 있잖아, 여기! 나, 성웅이."

"이이 그려어, 내 아들이네. 근디 여가 어디여?"

"오마니 아들 집이지!"

"우리 아들이 어디 있대?"

"여기 있지! 내가 아들이지!"

"으응… 여기가 어디래?"

하루에도 몇 번씩 여기가 어딘지 확인하는 할머니 때문에, 아빠는
할머니 전용 인간 GPS가 되었다.

오마니 우리 오마니

아빠는 할머니를 '오마니' 라고 부른다.
'어머니'의 평안도 사투리인데, 어쩌다 그렇게 부르게 되었는지는 알 수 없다. 우리 가족이나 친척들 중에 평안도 출신은 한 명도 없다.

아마 처음에는 장난처럼 시작했을 테고, 그다음엔 그냥 그대로 굳어져 버린 것 같다.

아빠가 할머니를 그렇게 부르니 며느리도 손자 손녀도 할머니를 '오마니~' 하고 부른다.
할머니한테 이북 사투리로 어머니라고 부르는 서울 토박이 손녀가 이상해 보일 수 있지만, 우리 집에서 쓰이는 '오마니'는 할머니를 부르는 가족들만의 애칭이다.

그러고 보니 우리 아빠는 엄마도 애칭으로 부른다.

신혼 초에 장난으로 '설거지 담당'을 줄여 '설담'이라고 불렀다는데, 30년이 지난 지금까지도 아빠는 그 애칭을 애용하고 있다. 내게 "이거 설담 갖다 줘" 하고 심부름을 시키기도 하고, 엄마를 찾을 때면 여보나 당신이 아니라 "설담~" 하고 부른다.

그러다 보니 가끔은 나나 오빠도 엄마를 '설담~' 하고 부른다.

사랑하는 연인들이 서로에게 특별한 이름을 붙여 부르는 것처럼, 아빠가 지어 주는 장난스러운 애칭은 우리 가족만의 특별한 사랑 표현이다.

아 참, 내 애칭은 '똥별'이다.

아빠표 애칭의 구성 요소는 대략 10%의 사랑과 90%의 장난이라는 게 함정.

환상의 인맥

TV에 연예인들이 나와 손을 흔들며 인사를 하니까 할머니가 같이
손도 흔들고 고개도 꾸벅이며 반갑게 인사를 하신다.
다들 왜 저렇게 나를 불러 대냐며 수줍은 듯 즐거워하신다.

"내 이름이 부르기 쉬운가, 다들 왜 저런댜?
자꾸만 편광희 할머니~ 편광희 할머니~ 이러네들.
헤헷, 내가 옛날부터 인복은 많았지.
다들 나를 보면 이쁜 할머니 왔다고 좋아했었어."

하며 웃으신다.
진실은 저 너머에 있지만, 어쨌든 즐거워하시니 보기 좋다.

미궁 속의 네일아트

할머니는 본인이 계속 나이가 들어 가고 있다는 사실을 모른다.
처음 발병을 했던 그때 할머니의 시간은 멈췄기 때문이다.
그때도 지금도 할머니는 여든둘. (사실은 아흔이시다!)
그래서인지 평소에도 종종 거울을 보다가 굵어진 주름을 보면 굉장히 우울해하신다.

오늘따라 할머니는 쭈글쭈글한 손이 싫다며 한 손으로 다른 손의 주름을 계속 펴셨다.
아무리 문질러도 주름이 없어질 리는 만무하니, 보고 있기가 영 안타까웠다. 그냥 두면 하루 종일이라도 손을 문지르실 것 같았다.
결국 엄마가 나서서 할머니를 달래 드렸다.

"오마니, 손 이리 줘 보세요.
아이고, 우리 오마니는 손도 참 고우시네."

엄마는 할머니의 손톱에 봉선화 빛 매니큐어를 곱게 칠해 드렸다.
화사해진 손을 보며 할머니는 금세 기분이 풀리셨다.

그런 할머니가 귀여워 내가 물었다.

"오마니~ 아이 예쁘다! 이거 누가 이렇게 칠해 줬대?"
"내가 했지 누가 해. 다 내가 직접 한 거여. 이런 건 나 혼자서도 할
수 있어!"

오잉?

저녁에 고모들이 집에 오셔서 다시 한 번.

"엄마! 아이고 예쁘다! 누가 이렇게 해 줬어?"
"(우리 엄마를 가리키며) 쟤가 해 줬어. 흐흐흐."

음.
뭐여?

슬픈 진실

날씨도 좋고 기분도 좋아서 짧은 치마를 입어 보았다.

그새 살이 좀 올랐는지 조금 끼긴 했지만, 못 봐줄 정도는 아닌 것 같았다.

용기를 내어 기분 좋게 집을 나서려는데 할머니가 기겁을 하며 소리치셨다.

"히익! 쟤는 치마가 왜 저렇게 짧댜아~. 어이고 저렇게 살은 쪄 가지고, 쯧쯧쯧. 나가서 망신당하려고 왜 저러고 나간댜아!!"

어이고 저렇게 살은 쪄 가지고.
어이고 저렇게 살은 쪄 가지고.
어이고 저렇게 살은 쪄 가지고.

아 진짜.
빙고!
이럴 땐 또 멀쩡하시네.

우리 집 실내 스포츠

가끔 방에서 책을 읽거나 컴퓨터를 하고 있으면, 갑자기 할머니가
문을 벌컥 열고 들어오실 때가 있다.

"아 깜짝이야! 왜?"
"뭐 해?"
"나? 책 읽고 있지."
"이이~ 뭐 하고 있나 물어보고 오라고 해서."

내 대답을 듣고 돌아선 할머니는 곧장 아빠한테로 가신다.

"별이 뭐 하고 있대?"
"책 읽는대."
"그래? 그럼 이번에는 얼이 방에 가서 뭐 하고 있는지 보고 와요."

다시 벌컥.

"걔는 뭐 하고 있어?"

"자는 거 같어. 누워 있는디 조용혀."

"지금이 몇 신데 아직도 잔대?"

"그러게. 가서 확 깨울까?"

"에이, 내비 둬. 그냥 더 자게."

알고 보니 할머니의 기습 공격은 바깥에서 운동을 하실 수 없는 할
머니를 위해 아빠가 고안한 일종의 실내 스포츠였다.

다리 근육이 더 약해지지 않게 이 방 저 방 걸어 다니면서 집 안 산
책도 하시고, '뭐 하고 있는지 보고 와서 말해 달라'는 미션도 수행
하면서, 할머니가 계속 뇌를 사용하실 수 있도록 도와드리려는 것
이었다.

나는 그 어떤 전문가가 운영하는 값비싼 프로그램도 우리 아빠가
할머니를 위해 만드신 이 방법보다 완벽할 수는 없다고 생각했다.

가슴 깊이 누군가를 위하는 마음이 있다면, 아무것도 없이 무엇이
든 만들어 낼 수 있다. 아주 사소한 것들을 모아 가장 특별한 것을
만들어 낼 수 있다.

아빠와 할머니가 도란도란 이야기하시는 소리를 들으며 책을 마저
읽었다.

평온하고 행복했다.

매력은 자신감에서

외모 때문에 힘든 사연을 가진 사람들 중 한 명을 선발해서 머리부터 발끝까지 성형을 해 주는 TV 프로그램을 보고 있었다.

놀라울 정도로 아름답게 변하는 출연자의 외모와, 변화한 외모보다 더욱 인상적인 당사자의 태도, 일상생활, 주변 사람의 반응 등을 보면서 아빠는 인생이 저렇게 바뀐다면 성형도 할 만하겠다고 하셨다.

그러고는 할머니를 돌아보며 물었다.

"오마니도 예쁘게 성형수술 시켜 줄까?"

그러자 우리 할머니 호호호 웃으며 하시는 말씀.

"나는 됐어. 지금도 밖에 나가면 다들 이쁜 할머니라고 난린데 뭐."

와!

자신감 있는 태도가 매력을 만든다더니, 갑자기 할머니가 정말로 예뻐 보였다.

오마니별의 시간

오늘은 할머니가 기분이 좋은지 재잘재잘 수다스러우시다.

"너 몇 살이지?"

"응, 나 스무 살." (물론 뻥이지만 할머닌 어차피 모르시니까)

"아이고 시상에! 시집가야지!"

"에이, 요즘 세상에 누가 스무 살에 시집을 가."

"아녀~. 애기를 늦게 낳으면 키우기가 힘드니께 어여 가야지."

"오마니가 그럼 어디서 신랑 하나만 구해 와 봐."

"내가 뭐 아는 사람이 있나. 남자는 친구들이 소개시켜 주는 거야."

"에이 뭐야."

"너 친구 없어?"

"나 친구 많아."

"그럼 친구들한테 좀 해 달라 그래."

"어엉."

"얘, 이게 뭔데 이렇게 맛있냐? 진짜 맛있다."

"응 맛있지? 많이 드셔~."

"그래. 근데 너 몇 살이지?"

내 나이로 시작한 할머니와의 대화는 많이 드시라는 말이 끝나기 무섭게 나이를 묻는 맨 처음 질문으로 되돌아간다. 마치 거대한 도돌이표에 갇힌 악보처럼.

대체 나는 몇 번이나 이 대화를 반복하고 있는 걸까?

문득 궁금해져 휴대폰의 녹음 버튼을 누르고 우리의 대화를 녹음했다.

나중에 들어 보니 한 번의 대화는 대략 2분 정도 지속되었다.

하루가 24시간이니까 1천440분, 그걸 2분으로 나누면 총 720번.

그러니까 할머니의 시간은 하루에 무려 720번이나 새롭게 시작되는 것이다.

시간을 갖고 노는 오마니별의 여왕!

하루에 겨우 43번 해가 지는 모습을 봤다고 자랑한 어린 왕자는 냉큼 우리 할머니 앞에서 머리를 조아리거라!

조금씩 조금씩 달콤하게

할머니와 나는 딱딱한 알사탕을 하나씩 입에 물고 한가로운 오후를 보내고 있다.

중간 중간 얼마나 남았는지 입 안의 사탕을 서로 보여 주며 웃는다.

문득, 할머니가 아기처럼 되지 않았다면 이렇게 함께 사탕을 먹고 입을 아아 벌려 혀 위에 올라앉은 사탕을 보여 주고 별 이유도 없이 키득거리는 일은 없었겠구나, 싶었다.

할머니가 아픈 건 모두에게 많이 아픈 일이지만, 그래도 더 늦기 전에 이렇게 우리가 가까워질 수 있는 것은 감사한 일이다.

오마니.

내가 이렇게 생각한다고 서운해하지 말기다!

웃픈 상황

할머니가 소화가 잘 안 되는지 자꾸만 트림을 하신다.

듣고 있던 아빠가 안되겠다 싶으셨는지 할머니 손을 잡고 일어섰다.

"오마니~ 자꾸 그억그억하면 안 되지. 일어나서 운동을 해야 소화가 되쥬. 자, 이렇게! 하나, 둘! 하나, 둘!"

아빠가 일부러 과장되게 팔을 흔들며 걸으니까 그 모습이 재미있었는지 금방 따라 하시며 힘차게 구호를 외치셨다.

"하나 둘 셋 넷 다서 여서 일고 여더~얼 아호, 열!"

여더~얼, 하고 끝내지 않고 숫자를 열까지 세시는 할머니가 귀여워서 보고 있는데, 갑자기 일본어로 숫자를 세신다.

"이찌 니 산 시 고 로꾸 시찌 하찌 큐, 쥬~!"

할머니는 아마 일제강점기 때 일본어를 배웠을 것이다.

그럴 수밖에 없으셨겠지.

할머니는 종종 이렇게 예상하지 못한 순간에 일본어를 하신다.

간식을 드리면 "아리가또 고자이마스~" 하시기도 하고, 가끔은 일본 동요로 추정되는 노래를 흥얼거리시기도 한다.

그럴 때마다 갑작스런 상황이 황당하고 우습기도 하지만, 그렇다고 마음 편히 웃을 수만은 없는 복잡한 감정에 휩싸인다.

일본어가 더 익숙한 유년을 보내고 80여 년이 흐른 뒤 다시 그때로 돌아간 우리 할머니.

아, 이런 걸 웃프다고 하는구나.

웃프다.

착한 사람은 일찍…

"어디 갔어?"

"누구?"

"우리 영감님"

"어어……"

어떻게 말해야 할지 몰라 아무 말도 못 하고 있으니 곁에 있던 아빠가 대신 대답을 한다.

"오마니 영감님은 돌아가셨지. 오마니가 지금 몇 살이지요?"

"나? 팔십둘!"

"그러니까 영감님은 예전에 돌아가셨지. 용인 천주교 묘지에 계시잖아."

"에이그, 그래… 우리 영감님 참 착한 사람이었어."

"으응."

"착한 사람들이 꼭 일찍 죽어. 못된 사람들은 오래 살고."

무슨 논리인지, 왜 저렇게 생각하시는지 모르겠지만 우리 할머니
는 지금 아흔이다.

그러니까, 오마니.

그건 틀린 생각이야.

못된 사람들이 오래 산다는 건.

나도 여자랍니다

"아이고 오마니! 얼굴에 바르는 크림을 머리에 바르고, 기껏 예쁘게 파마해 드렸더니 그걸 다 빗어서 모자로 누르시면 어떡해요. 옷은 이거 입고 가시라니까 왜 전부 다 꺼내 놓고 그러세요."

뭔 소린가 싶어 방 안으로 고개를 넣어 할머니를 보는 순간 푸핫, 웃음이 먼저 터졌다.

가장 먼저 눈에 들어오는 건 그녀의 삐뚤빼뚤 새빨간 입술!

살짝 무서울 정도로 짙게 바른 붉은 립스틱에, 로션을 듬뿍 바른 빗으로 싹싹 빗어 붙인 뒤 눌러쓴 핑크색 모자까지, 할머니는 당장 무대에 올라가도 될 만큼 화려한 모습을 하고 계셨다.

꽃단장의 스케일로 짐작하건대, 꼭두새벽부터 작업을 시작하신 것 같았다.

문득 어디선가 보았던 한 구절이 떠올랐다.

'자기애愛가 없는 여자는 향기 없는 꽃과 같다.'

할머니는 여전히 여자다.
그것도 향기로운 꽃처럼 아름다운.

할머니는 아흔의 노인이지만, 여전히 여자다.

그것도 향기로운 꽃처럼 아름다운 여자.

나도 우리 할머니처럼, 아무리 늙어도 아침이면 립스틱 짙게 바르는 여자가 되어야겠다.

언제까지라도 향기로운 꽃처럼 스스로를 가꿔야지.

오마니, 예뻐요!

그러니까 이제 그만하고 씻으러 갑시다.

네 이놈들! 이 도둑놈들!

아무런 맥락도 없이 할머니가 사라진 돈을 찾으신다.

오늘 학교에 낼 돈이 있어서 들고 갔었는데, 선생님을 만나 돈을 드리려고 하니 감쪽같이 없어졌단다.

학교에 낼 돈을 찾고 있는 지금의 할머니는 몇 살일까? 여덟 살? 열 살?

좌우지간 할머니는 지금 돈을 잃어버리셨다.

탄식과 분노 사이를 오가며 한참 동안 성을 내시던 할머니는 갑자기 TV로 눈을 돌리셨다.

이민호와 김희선이 나오고 있었다.

갑자기 할머니의 눈이 반짝였다.

그러고는 저놈들이 도둑놈들이라고 호통을 치셨다.

저놈들이 아까부터 내 이름을 불렀다고, 처음 보는 것들이 내 이름을 아는 것부터 수상했다며, 빨리 할아버지한테 전화를 하란다.

아, 할아버지한테 전화하라고 하시는 걸 보니 아이가 되어 등교한 게 아니라 아빠네 학교에 학부모로서 가셨던 모양이다.

하긴, 지금 그게 중요한 게 아니지.

이민호와 김희선은 우리보다 훨씬 부자여서 돈을 훔칠 이유가 전혀 없다는 걸 할머니에게 설명할 수 있을까?

없겠지.

그녀의 이불은 화수분

우리 가족들이 가끔 하는 장난이 있다.

일명 '용돈 돌려막기 놀이'

할머니가 직접 돈을 쓰실 일은 없지만 그래도 용돈을 드리면 매우 기뻐하시기 때문에, 우리는 종종 천 원짜리가 생기면 할머니께 용돈으로 드린다.

그럼 할머니는 그 돈을 가지고 방으로 가서서 깔고 주무시는 요나 전기장판 아래, 장롱의 이불 틈새 등에 숨기신다.

물론 식구들은 그 돈이 어디에 있는지 다 알고 있다.

그렇게 할머니가 용돈을 모두 숨기면 놀이가 시작된다.

아빠 : 오마니~, 오늘 별이 생일이야!

할머니 : 아이구 그랴? 생일 축하해, 헤헤.

엄마 : 용돈이라도 좀 주셔야죠.

나 : 오마니! 나 생일인데 용돈 안 줘?

할머니 : 이이, 그려~ (주섬주섬 이불 아래서 천 원을 꺼내어) 옛다!

나 : 와아! 감사합니다.

(일동 박수를 치며 웃는다)

할머니가 박수 치느라 정신이 없을 때 내가 할머니께 받은 천 원을 아빠한테 드리고, 아빠는 재빨리 돈을 다시 이불 안에 넣는다.

(10초 후)
아빠 : 오마니~ 오늘 얼이 생일이래!

(이후 질릴 때까지 반복)

그렇게 우리 집은 천 원짜리 몇 장만 있으면 당한 사람과 장난 친 사람 모두가 행복한 축제의 현장이 된다.

근데 오마니!
왜 나는 천 원이고 오빠는 삼천 원인데?

할머니의 당부

가끔, 아주 가끔 할머니가 돌아오실 때가 있다.

오늘이 그런 날이었다.

식탁에서 밥을 먹고 있는데 뜬금없이 할머니가 한숨을 포옥, 내쉬며 내게 말씀하셨다.

"이그, 너 시집갈 때까지 내가 있을지 모르겠다.
조오~은 사람 만나서 자알 살아야 한다."

평소 할머니의 눈빛은 조금 흐리고 어딘지 모르게 다른 곳을 보고 있는 것 같았는데, 저 말을 할 때 할머니의 눈은 너무 맑고 또랑또랑했다.

가슴이 덜컹했다.

아아!

할머니다.

이건 우리 할머니 편광희 여사가 손녀 김별에게 하는 말이다.

알 수 있었다. 확실히 알 수 있었다.

"으응, 나 좋은 사람 만나서 잘 살게. 그러니까 백 살까지 살어."

하는데, 울컥 눈물이 나는 바람에 입에 있던 맨밥이 그냥 꿀떡 넘어
가 버렸다.

가족 이야기 하나

할머니를 부탁해!

할머니를 잃어버린 적이 있다.

그것도 두 번이나.

할머니가 아직 혼자 사실 때의 일이다.

할머니는 큰고모와 함께 파마를 하러 미용실에 가셨었다. 머리를 다 말고 기다리는 동안, 큰고모에게 잠깐 집에 들러 처리해야 할 일이 생겼다. 평소 잘 알고 지내던 미용실이니 이삼십 분쯤 맡겨 놔도 될 거라고 생각했지만, 잠시 후 돌아온 큰고모는 할머니를 어디에서도 찾을 수 없었다.

그때까지만 해도 할머니의 증세가 심하지 않을 때였기 때문에, 큰고모는 괜찮을 거라 여겼다. 할머니가 잠깐 사이에 그렇게 감쪽같이 사라지실 줄은 정말 몰랐다고 했다. 할머니를 잃어버렸다는 큰고모의 전화를 받은 아빠는 그 길로 온 동네를 뒤지기 시작했다.

자동차 뒤에 '치매 할머니를 찾습니다'라는 문구를 커다랗게 써 붙이고, 비상등을 켠 채 미친 듯이 거리를 내달렸다.

경찰서에 가서 신고도 하고 근처 병원 응급실에도 가 보았지만 할머니는 보이지 않았다. 그러다 다행히 길에서 할머니를 봤다는 한 아주머니를 만났다. 미용실이 있던 길동에서 호떡을 파는 아주머니였다. 아주머니는 할머니가 둔촌동에 가려면 어떻게 해야 하냐고 물어보셔서 길을 알려 주셨다고 했다. 둔촌동은 할머니가 옛날에 사시던 동네다.

아빠는 길동에서 둔촌동으로 이어지는 직선 도로를 왕복하며 골목 하나하나를 뒤졌다. 그리고 휘이휘이 길을 걸어가고 계시는 할머니를 기적처럼 발견했다. 고꾸라지듯 차를 세우고 달려가 붙잡으니, 할머니는 아빠를 보고 이렇게 말씀하셨다.

"아이고 얘, 왜 이렇게 다리가 아프냐. 내가 어딜 갔다 왔기에 다리가 이렇게 아프냐."

5시간 만이었다.

할머니가 막내 고모네 놀러 가신 날이었다. 식구들이 모두 곤히 잠들어 있는 것을 확인한 막내 고모는 조용히 집을 나가 성당에 미사를 보러 갔다고 했다. 할머니는 그 틈에 사라졌다.

막내 고모의 전화를 받은 아빠는 다시 급히 길을 나섰다. 할머니가 집에 가려고 나가신 것 같다는 식구들의 말에 아빠는 제일 먼저 근처 지하철역으로 갔다. 그리고 역내 CCTV를 모두 확인했다. 그렇게 아빠는 막내 고모 집 앞 역에서 할머니가 사시는 길동 역까지 모든 역의 CCTV 화면을 샅샅이 뒤졌다. 화면 속 사람들 중 단 한 명의 얼굴도 빠짐없이 확인했다. 그리고 마침내 할머니가 지하철을 타고 가다가 길동 역에 내리셨다는 걸 알아냈다.

할머니는 길동까지 무사히 지하철을 타고 오셨지만, 길동 역에서 집으로 가는 길을 잃어버리신 것 같았다. 아빠가 역에서 나오니 비까지 추적추적 내리고 있었다. 비를 맞으며 정처 없이 길거리를 헤매고 계실 할머니를 생각하니 모두들 애가 탔다. 그렇게 온 식구가 다 함께 길동에 있는 골목들을 하나도 놓치지 않고 구석구석 할머니를 찾아 다녔다.

얼마나 지났을까. 아빠는 강동 성심병원 횡단보도 앞에 우두커니 서 계시는 할머니를 발견했다.

할머니는 이번에도 아무런 기억이 없었다.

8시간 만이었다.

천운이었다고 생각한다. 할머니를 영영 찾지 못했다고 해도 전혀 이상할 것 없었다.

언젠가 읽었던 신경숙의 소설 『엄마를 부탁해』가 생각났다. 점점 예전 같지 않아지는 엄마의 변화를 대수롭지 않게 넘겨 버린 가족들과, 그런 가족들이 혹여 걱정이라도 할까 봐 지독한 두통과 문득 문득 사라지는 기억의 조각마저 숨기려 했던 엄마의 간극이 만들어 낸 이야기. 엄마의 실종이 남은 가족들의 삶을 얼마나 송두리째 뒤흔들어 놓는지를 작가가 무서우리만치 리얼하게 보여 주었기 때문에, 할머니를 찾으러 나간 아빠를 기다리는 동안 나는 우리 가족에게만은 그런 일이 생기지 않기를 간절히 바라고 또 바랐다.

누구도 고모들을 탓할 수는 없었다. '엄마는 괜찮아. 엄마는 엄마니까.' 이 세상 모든 자식들에게 엄마는 한 사람의 여인도, 보살펴야 할 노인도 아닌 그저 '엄마'인 것이다. 언제나 길을 잃은 나를 잡아 주던 엄마이기 때문에, 그런 엄마가 자기 집도 못 찾아갈 거라고 생각하는 것은 누구에게도 쉽지 않다.

할머니를 찾아 헤맨 열세 시간은 아빠에게 13년보다도 더 길게 느껴졌을 것이다. 다시는 그런 일을 겪고 싶지 않았으리라는 것도 충분히 짐작이 간다.

두 번째 사건이 있고 얼마 뒤, 아빠는 할머니의 손을 꼭 잡고 집으로 왔다. 우리 가족은 이제부터 할머니와 함께 살 거라고 하셨다.

엄마는 빈 방을 치우고, 장롱에 할머니 옷들을 차곡차곡 걸었다.

엄마가
엄마의 엄마를

작화의 여왕

할머니가 집 앞에 있는 성당 복지관에 다니기 시작했다.

아침에 셔틀버스를 타고 가셨다가 오후에 돌아오신다.

성당에서는 다른 치매 노인들과 함께 노래도 배우고 그림도 그리면서 다양한 프로그램에 참여하신다.

돌아오실 시간이 되어 마중을 나갔더니, 혹시 추울까 봐 아침에 입혀 드린 외투를 벗어서 손에 들고 차에서 내리신다.

"오마니, 이거 왜 안 입고 손에 들고 와?"

"응, 이거 어떤 사람이 나 입으라고 줬어."

"엥?"

"어떤 사람이 자기한테는 좀 작은지 나보고 입으라고 줘서 가지고 왔어."

"에엥??"

순간 '아침에 외투를 안 입고 나가셨는데 내가 착각했나' 하는 생각이 들었지만 아니다! 할머니는 오늘 아침에 분명 저 외투를 입고 가셨었다.

혼란스러운 머리를 부여잡고 집에 들어와 인터넷 검색을 해 봤더니, 없는 이야기를 만들어 내는 것은 치매의 아주 흔한 증세인 '당혹작화當惑作話'란다.

심한 기억장애를 얼버무리고 기억나지 않는 공백을 채우기 위해서 기억을 새롭게 만들어 내는 것이다.

오마니 엄청 그럴싸해. 하마터면 속을 뻔했어.

그나저나 우리 오마니는 지어낸 이야기 속에서도 인기 만점이네.

역시 이쁜 할머니여.

출생의 비밀

날이 궂거나 갑자기 추워지면 할머니는 모두를 못 알아보신다.
예전엔 그나마 식구들은 좀 알아보시는 편이었는데, 오늘은 바로
옆에 앉아 있던 아빠도 못 알아보셨다.

"너는 누구여?"
"나? 아들이잖어."
"아드을? 장게는 갔나?"
"갔지. 저기 며느리 있잖어."
"이이, 그려. 그럼 늬 엄마는 어딨댜?"
"(할머니 손을 잡으며) 울 엄마 여기 있지!"
"아니 나 말고, 진짜 너 낳아 준 엄마."

음.
이 아침드라마는 제목이 뭘까?

막장 대작 '엄마를 갈차주마'

대본 : 편 여사
감독 : 편 여사
주연 : 편 여사

TV 좀 봅시다!

TV 속의 사람과 실제 사람을 구분하지 못하는 할머니 때문에 종종,
아니 자주, 보고 싶은 프로그램을 보지 못할 때가 있다.
아빠가 좋아하는 사극에서 수염이 잔뜩 난 남자들이 나와 소리를
지르면 할머니는 무서워서 소리치신다.

"어머, 저 사람은 누군데 저렇게 머리가 크대? 아이구 왜 저렇게 눈
을 부라린대? 무섭다 야아."

그럼 할 수 없이 아빠는 채널을 돌리신다.
엄마랑 내가 며느리와 시어머니의 앙칼진 다툼이 한창인 막장 드
라마를 볼 때도 할머니는 한마디 하신다.

"저 여자는 누구여? 아유, 사납게도 생겼다. 왜 저렇게 소리를 질러
싸? 시상에 무서워라."

그럼 할 수 없이 엄마는 채널을 돌리신다.
이건 괜찮겠지 싶어 야구를 틀었더니 어김없이 화를 내신다.

"아니 세상에 저것들이 이제는 꾸역꾸역 떼로 몰려드네! 무서워서 못살겠으니 차라리 이사를 가자."

설마 이것까지 싫어하진 않으실 거야, 생각하며 뉴스를 틀었다가도 날벼락.

"저년이 왜 저렇게 나를 뚫어지게 보고 지랄이여!"

아아, 결국 나는 어쩔 수 없이 전국노래자랑을 튼다.

"저게 뭐여? 노래하는 거여?" (박수 짝짝짝)

그래, 할머니가 우리 집 대장이니까 채널 선택권도 할머니한테 있는 게 당연하지 뭐.

고향이 그리워도 못 가는 신세

어쩌다 할머니와 집에 단둘이 남은 나는 한가롭게 거실에서 책을
읽고 있었다.
그런데 어느 순간 슬그머니 다가와 속삭이듯 말을 거시는 할머니.

"너는 어디 안 아퍼?"
"응, 나 아무 데도 안 아픈데 왜?"
"나는 아주 죽겠어. 골도 아프고 배도 아프고."

처음엔 진짜 아프신 줄 알고 걱정스럽게 할머니를 살폈다.
그런데 계속 듣다 보니, 진짜 아픈 게 아니라 그냥 하는 얘기였다.

"거기서는 직장에도 댕기고 해서 좋았는디, 여기서는 하는 일도 없
이 놀고 있으니까 아주 나뻐. 골도 아프고 배도 아프고."
"거기? 거기가 어딘데?"
"내 고향 안면도. 아들한테 전화해서 고향에 데려가 달라고 해야겠
어. 오늘은 얘기를 꼭 해야지. 오늘 아들이 오믄 어뜨케든 가자고
해야지. 아이고 노래가 다 나오네. 고오~향이 그리이~워도 못 가아

~는 시이이인세~."

'아이고, 이제 고향에 가서도 아무도 없는데…'라고 생각하며 나는
말했다.

"응 그래, 이따가 아들 오면 안면도 가자고 하자."

뭐 어때.
아무도 없으면 어때.
우리 가족이 다 같이 가면 되지.

컴백홈 할머니

방석에 신발 넣어 돌돌 말아 끌어안고, 벗어 놓은 외투를 곱게 접어 옆구리에 단단히 끼우고, 이제 그만 집에 가자고 조르는 컴백홈 버전의 할머니는 우리 식구들이 가장 두려워하는 존재다.

컴백홈 할머니는 그 어떤 예고도 없이 찾아오신다.

그리고 정말 **하.루.종.일.** 집에 가야 한다며 밖으로 나가려고 하신다. 한번 시작하면 새벽이 되어도 멈추지 않고 계속된다.

컴백홈 할머니는 일단 떠날 채비를 다 하신 뒤, 현관 앞에 서서 문을 열라고 소리를 지르신다.

레퍼토리도 엄청 다양하다.

"우리 엄마가 집에 빨리 오라고 했어"라고 했다가

"애들이 기다려. 밥 챙겨 줘야 해"라고 했다가

"복지관 선상님이 아침 일찍 오라고 했어"라고 했다가

"내일 아침에 중요한 시험이 있어"라고 했다가…….

지금은 너무 늦어서 안 되니 내일 아침에 가자고 말리면 길을 아니까 혼자 가도 괜찮다고, 산을 두 개나 넘어야 하니 빨리 가야 한다고, 길이 멀어서 서둘러야 하니 일찍 나서야 한다고, 그러니까 일단 문이나 어서 열라고 화를 벌컥 내신다.

이사를 와서 이제 집이 멀어졌다고 하면 거짓말 하지 말라고, 돌아갈 집이 바로 코앞에 있는 걸 다 아는데 이것들이 늙은이를 골탕 먹이려 한다며 노여워하신다.

최후의 방법으로 집 안의 불을 다 끄고 이제 다들 자야 한다고 한 뒤 각자 방으로 들어갔더니, 느닷없이 동네가 떠나가라고 소리를 지르신다.

"문 좀 열어 주세요오!!!!!!!!!!!!!!!!!!!!!!!!!!!!!!!!!!!"

결국 아빠는 새벽 한 시에 할머니의 손을 잡고 밖으로 나가신다.
이럴 때 할머니를 달래는 방법을 알고 있기 때문이다.

일단 아빠는 집 앞에서 할머니에게 안녕히 가시라고 쿨하게 작별 인사를 한다. 그런 다음 혹시라도 넘어지실까 걱정하며, 혼자 밤길을 걷는 할머니를 살금살금 뒤따른다.

그러다가 적당한 기회에 슬쩍 앞지른 다음, 마치 집에서 마중 나온 사람처럼 "아이고, 오마니 오셨어요? 집까지 걸어서 오신 거예요?" 하며 할머니를 반긴다. 그럼 할머니는 "이이~ 어떤 망할 것들이 나를 집에 못 오게 하려고 난리였어" 하면서 아빠 손을 꼬옥 잡으시는 것이다.

아빠는 그때를 놓치지 않고 "오마니 이제 집에 가요" 하면서 다시 할머니 손을 잡고 자연스럽게 집으로 발길을 돌리신다. 그럼 한결 누그러진 할머니가 아빠 손에 이끌려 얌전히 집으로 돌아오신다.

아빠가 집 안으로 들어서며 "오마니, 집에 다 왔네요" 하면 할머니는 "아이고 여기가 훨씬 좋네. 아까 그 집보다 훨씬 낫다" 하신다. 그럼 엄마는 "오마니 오셨어요?" 하며 밝은 표정으로 할머니를 반겨드린다.

그리고 잠시 후 할머니는 집에 가야 한다고 소리를 지르신다. 그러면 아빠는 또다시 할머니 손을 잡고 동네 산책을 나가신다.

깜깜한 밤 두 손을 꼭 잡고 동네를 걷는 아빠와 할머니를 떠올리면서 나는, 아빠가 갓난아기였을 때 할머니가 아빠를 위해 지새웠을 불면의 밤들을 이제 아기가 된 할머니에게 아빠가 돌려받고 있는 것일지도 모른다고 생각했다.

"부모의 은혜를 다 갚진 못하겠지만, 이렇게 해서 조금이라도 갚을 수 있다면 감사히 감당해야지."

그날 밤.
아빠와 엄마가 행동으로 내게 해 주신 말씀이다.

그래, 돈 벌어야지

TV에 가수 현아가 나와 춤을 추고 노래를 했다.
유심히 보고 있던 할머니가 내게 물었다.

"저건 뭐여, 뭐 하는 거여?"
"응 노래자랑 하는 거야. 가수야 가수."
"가수우~?"
"응 노래하는 가수."
"이이, 아이고야… 저건 지가 돈 벌어서 시집가겠네."

그렇겠지. 현아니까.
아니 근데 갑자기 뭔 소리여.
세상에 현아 무대를 보고 저런 생각 하는 건 우리 할머니 한 명밖에
없을 거다.

오마니, 나도 현아만큼은 아니지만 열심히 돈 벌고 있어!
내가 내 돈으로 시집갈 때까지 부디 건강하기만 하세요.

그녀의 타임슬립

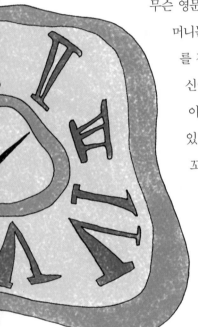

무슨 영문인지, 갑자기 어린 시절로 돌아가신 할머니는 나를 붙잡고 고향인 안면도에서 십 리를 걸어 '핵교'에 다녔던 이야기, 핵교 갈 때 신이 닳을까 봐 벗어서 손에 들고 걸었다는 이야기, 얼마 전에 이모네 집에 가서 재미있게 놀았다는 이야기를 하셨다.

꼬마 숙녀처럼 귀엽게 두 손을 모으고 분홍 양말을 신은 발을 딸랑딸랑 흔들면서 "언제 같이 우리 이모네 집에 가자" 하셨다.

한참을 듣고 있다가 문득, 할머니와 눈높이를 맞춰 대화를 해야겠다 싶어 다정하게 말을 건넨 나는 의외의 대답에 그만 빵 터져 버렸다.

"그래서 요즘에도 핵교 잘 다니고 있지?"

"아이구 미쳤나? 핵교는 벌써 다 끝났지이~."

"아, 졸업했어?"

"이이~ 졸업했지. 다 끝났지."

"그럼 이제 뭐해?"

"복지관 댕기지."

"푸핫! 복지관? 푸흐흐흐흐~."

우리 할머니, 핵교에서 복지관으로 80년을
한 번에 뛰어넘으셨다.

시간을 달리는 오마니!

따라잡기가 너무 힘들다.

맛있어서 먹었다기보다는

식탁 위에 곶감이 분명 6개 있었는데, 잠시 시장에 갔다 와서 보니
접시가 텅 비어 있다.
진짜 잠깐이었는데 사라진 곶감이 무려 6개.
집에는 할머니 혼자 계셨으니까 곶감 6개를 먹은 사람은 당
연히 할머니다.

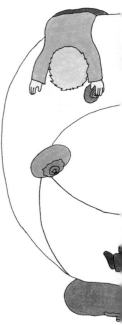

아니 그 짧은 시간에 곶감을 어떻게 이렇게 많이
드셨을까, 질리지도 않나 신기해하다가 뒤늦게
깨달았다.
아, 맞다! 할머니는 방금 전 일도 기억을 못 하
시지.
치매 환자들이 식사할 때 방금 먹은 것을 잊고 한
가지 반찬만 계속 먹거나 아예 그조차 다 잊어버
리고 밥만 먹는다더니……

우리 할머니, 오늘 신나게 곶감 달리셨네.

앞으로는 식탁 위 정돈을 잘하고 다녀야겠다.

이게 뫼비우스인가?

아무것도 모르는 건 아니야

얼마 전, 갑자기 할머니가 식구들에게 욕을 하셔서 모두가 깜짝 놀라는 일이 벌어졌다.

치매 노인이 공격성이나 폭력성을 드러내는 것은 비교적 흔한 일이지만, 생전 들어 본 적 없는 거친 욕을 하는 할머니의 모습은 충격이었다.

행여 상태가 악화되면서 새로운 증세가 발현된 것은 아닐까 걱정도 되었다.

엄마는 혹시나 싶어 복지관에 전화를 걸었고, 복지관 선생님으로부터 전혀 예상치 못했던 이야기를 들었다. 할머니가 갑자기 욕쟁이로 변신한 이유가 다름 아닌 '짝꿍' 때문이었던 것이다.

복지관에 폭력성 치매 증상이 심한 할머니가 한 분 계시는데, 우리할머니가 하도 순하니까 두 분이 짝꿍을 하면 '폭력 할머니'가 조금온순해지지 않을까 싶어 선생님들이 짝꿍을 바꾼 거였다.

그러나 기대와는 정반대로 할머니가 그 짝꿍의 영향을 받아 다른할머니들에게 폭언을 일삼는 불량학생(?)이 되어 버린 것이었다.

엄마는 할머니의 이상 행동에 대해 선생님께 말씀드리고 짝꿍 원
상복구를 요구하셨다.

엄마의 전화 한 통 덕분에 우리 집에는 다시 평화가 찾아왔다.

아기들이 아무것도 모르는 것 같지만 다 듣고 다 보고 다 따라 하는
것처럼, 아기가 되어 버린 우리 할머니도 딱 그렇다.

어린이날 논리 배틀

"오마니이~ 오늘 어린이날인데 나 뭐 안 줘어?"

"이이~ 오늘이 어린이날이여?"

"응, 어린이날이니까 아들 선물 줘야지!"

"왜 선물을 거꾸로 줘! 니가 날 줘야지."

"내가 왜?"

"어린이날이라며."

"오마니가 어린이야?"

"암것도 모르니께 내가 어린이지."

"90살 먹은 어린이도 있나?"

"……"

엄마랑 나는 식탁에 앉아 둘의 대화를 들으며 키득키득 웃다가, 나이 공격에 당황해 말문이 막힌 할머니를 보며 까르르 웃음을 터뜨리고 말았다.

아빠 승!

이쁜 할머니는 피곤해

복지관에 다녀오신 할머니가 뭔가 할 말이 있으신지 내 손을 잡고 눈을 맞추기에 허리를 굽혀 "오마니, 잘 다녀오셨어요?" 하고 인사를 했다. 그러자 할머니가 갑자기 초고속으로 흥분을 하더니 봇물처럼 말을 쏟아내셨다.

"복지관 선상님들이 하도 나보고 이쁜 할머니 이쁜 할머니 하니께 사람들이 나보고 '와이로*를 얼마나 먹였길래 선상님들이 저 할망구만 이뻐하고 저런댜~' 해 쌓더라고. 차암 나! 내가 뭐든 다 잘하니께 이쁘다고들 그러지 괜히 그러겠어? 아이고, 선상님들이 그냥 막 나만 보믄 이쁜 할머니~ 이쁜 할머니~ 지랄들을 하길래 내가 그러지들 말라 그랬어!"
"…으응, 잘했어."

뭐든 다 잘하고 예쁘기까지 한 복지관 퀸카 우리 할머니.
오마니, 원래 잘나가는 사람에겐 시기와 질투가 따르게 되어 있어.
즐겨!

* 일본어로 '뇌물'

들어올 땐 맘대로지만

할머니의 바지 주머니는 한번 돈이 들어가면 절대 나오지 않는다. 그 어떤 왕의 무덤보다 더 완벽하게 봉인된 주머니의 입구는 누구도 열 수 없다.

그런 할머니의 주머니를 열겠다며 겁 없이 도전장을 낸 사람이 있었으니 두두두두! 오늘의 도전자, 큰고모 되시겠다.

우선 할머니께 천 원짜리 석 장을 용돈으로 드리고, 할머니의 바지 주머니로 직행하는 돈을 확인한 뒤 자연스럽게 말을 거신다.

"엄마~ 큰딸 놀러 왔는데 용돈 안 줘요?"
"내가 돈이 어디 있어!"

역시 호락호락하지 않다.

엄마가 지원군으로 나서 "오마니! 여기 주머니에 돈 있잖아!" 하니, 그제야 당황하며 수줍은 듯 웃어 보이고는 하시는 말씀이 걸작이다.

"이이~ 이거는 복지관 선상님이 나보고 절대 아무한테도 주지 말고 꼭 갖고 있으라고 했어."

큰고모가 만 원짜리를 한 장 꺼내 드리며 "엄마~ 이건 선생님이 아니라 내가 엄마 주는 거야" 하니 할머니는 기쁜 얼굴로 돈을 받아 주머니 속으로 냉큼 넣으셨다.

(10초 뒤)
"엄마~ 큰딸 용돈 안 줘요?"
"내가 돈이 어디 있어!"
"여기 이거 뭐여. 주머니에 이렇게 돈이 많은데?"
"응, 이거 복지관 선상님이 아무도 주지 말고 꼭 내가 가지라고 했어."

할머니의 말에 웃음이 터진 큰고모는 결국 도전을 포기했다.
아니 근데 복지관 선상님은 대체 어떤 분이기에 자꾸만 우리 할머니한테 돈을 주신담.

오마니 나야 나

퇴근하고 집에 들어서니 할머니가 내게 종종걸음으로 급하게 다가
오셨다.
그러더니 내 손을 덥석 붙잡고 위아래로 흔들며 말씀하셨다.

"아이고 시상에~ 왔어? 안 죽고 오래 사니께 생각지도
못헌 사람들을 다 만나고 시상에 너무 반가워서 눈물이
다 나네."

할머니의 눈가에는 정말로 아롱아롱 눈물이 고여 있었다.

하루도 방심할 수 없다.
언제 어떻게 변할지 모르는 할머니.

눈물이 다 나네.

헤어졌던 한나절 동안 많이 컸구나

슬리퍼의 요정

"앗 차가워!!"

새벽에 일어나 비척비척 화장실에 가서 발을 디뎠는데 슬리퍼가
없다.
아오, 오마니 또!

요즘 할머니는 화장실에 갔다
가 나오실 때 화장실 슬리퍼를
들고 나와 본인 방에 고이 놓아
두신다.

한 짝만 가져가시기도 하고, 한 켤레를 다 들고 가시기도 한다.
낮에야 문을 열어 보고 슬리퍼가 없으면 할머니 방에 가서 가져다
신지만, 밤에는 자다 일어난 식구들이 비몽사몽 간에 물 젖은 화장
실 바닥을 밟기도 한다.
처음에는 사라진 슬리퍼를 찾아 허둥대던 가족들도, 이제는 익숙
하게 알아서 찾아 신는다.

화장실 슬리퍼가 없어지면,
당황하지 않고,
할머니 방에 가서 가지고 온다.

굉장히 사소한 일상의 한 조각이지만,
이렇게 가족들이 할머니에게 조금씩 적
응해 가고 있다는 느낌이 든다.

왜들 이러십니까

출근하러 나서는 나를 보고 아빠가 할머니께 슬쩍 농담을 건넸다.

"오마니는 왜 회사 안 가? 가만 있자, 오마니도 별이처럼 에스케이 다녔었나?"

소파에 앉아 계시던 할머니는 조금 망설이다가 이렇게 대답하신다.

"이이~ 나도 거기 댕겼었는디 이제는 안 가."

예상치 못했던 할머니의 대답이 재미있었는지 아빠가 대화를 계속 이어간다.

"왜애?"
"재미가 없어서."
"왜 재미가 없었어?"
"뭐, 배우는 것도 없고 그랬어."

"거기서 뭐했는데? 무슨 일 했어?"

"…별로 하는 게 없었어."

별로 하는 것도 없는데, 그것마저 재미가 없고, 심지어 배우는 것도
없…

아 뭐야 둘 다.

출근하는 사람 앞에 세워 두고.

우리 회사 그 정도는 아니다 뭐.

끓는 집

언제부턴가 시간 개념이 사라진 할머니는 밤낮의 구분이 없어졌다. 그래서 가끔 한밤중이나 꼭두새벽에 활발한 활동을 하시는데, 그때 가족들은 깊은 잠에 빠져 있어서 무슨 일이 일어나는지 정확히 모른다.

그래도 늘 별일 없이 아침을 맞이해서 별로 신경 쓰지 않고 지냈다.

그런데 오늘은 정말 예상 못 한 일이 벌어졌다.

아침에 일어나 침대 아래로 내려선 순간, 나는 내가 불 속에 발을 넣은 줄 알았다.

"앗 뜨거!!!!"

방바닥이 지글지글 끓고 있었다.

바닥뿐 아니라 온 집이 사우나처럼 후끈후끈했다.

알고 보니 새벽에 할머니가 화장실 세면대의 온수를 틀어 놓고 그냥 나오신 것이었다. 그래서 모두가 잠든 사이 밤새도록 뜨거운 물이 펑펑 나왔고, 멈출 생각 없는 온수를 데우기 위해 우리 집 보일러는 철야 근무를 했던 것이다.

이번 일로 가족들은 적잖이 놀랐다.

보일러가 밤새 돌아가고 집이 펄펄 끓는 건 문제가 아니다. 뜨거운 물에 할머니가 어디 데이기라도 하셨으면 큰일날 뻔했지 않은가.

엄마는 다시 이런 일이 반복되지 않도록 세면대 온수 밸브를 완전히 잠가 버렸다.

이제 우리 가족은 뜨거운 물을 쓰려면 샤워기를 이용해야 한다.

조금 불편하지만 어쩔 수 없다.

못생겨서 죄송합니다

가끔 할머니는 내가 못 듣는 줄 알고 속닥속닥 내 뒷담화를 하신다.
근데 다 들린다.

"쟤가 니 딸이여?"
"응, 내 딸이지. 별이."
"너 안 닮았다."
"에에? 그럼 누구 닮았어?"
"몰러. 지 엄마를 닮았나? 아무튼 너는 안 닮았다."

아빠를 안 닮았다는 말은 할머니 기준에서 절대 좋은 뜻이 아니다.
할머니는 늘 입버릇처럼 "아빠 닮아야 잘 산대"라고 하셨으니까.
그걸 아는 아빠는 할머니의 뜬금포를 재미있어 하며 대화를 이어
가셨다.

"사람들은 다 할머니랑 똑 닮았다고 하는데?"

"으음… 몰라… 나는 안 닮은 거 같아."

"아닌데? 사람들이 다 할머니 닮아서 못생겼다고 하던……."

아빠 말이 채 끝나기도 전에 할머니가 소리를 버럭 지르셨다.

"내가 왜 못생겼어!!!!!!!!!! 사람들이 다 이쁜 할머니라고
하는디!!!!!!!!!!!!!"

조심해 아빠.

아빠는 지금 넘지 말아야 할 선을 넘었어.

목욕탕 나들이

할머니를 모시고 목욕탕에 다녀온 엄마가 들려준 이야기.

예상대로, 쉽지 않았다.

낯선 환경과 북적이는 사람들 때문인지, 할머니는 목욕탕에 가자
마자 집에 가자고 성화를 부렸다. 여기가 어디냐, 아이고 뜨겁다,
저 사람들은 누구냐, 나는 그냥 갈란다⋯⋯.

기왕 왔는데 그냥 갈 수도 없고 해서, 엄마는 겨우겨우 할머니를 달
래 몸을 씻겨 드렸다.

기진맥진한 엄마가 음료수를 하나 사서 쥐어 드리고 잠시 탈의실
에 앉아 멍을 때리는데, 갑자기 할머니가 본인도 방금 전까지 벗고
있었다는 걸 (당연히) 잊으신 채 지나가는 나체의 여인들을 손가락
질하며 큰소리로 쏘아붙이셨단다.

"아이고! 저 미친 것들이 왜 저렇게 다 벗고 돌아댕긴댜~."
"야야, 저기 좀 봐라. 왜들 저러고 다닌댜. 시상에 망측해라,
쯧쯧."

그런 할머니를 보며 엄청 재미있어 했다던 다른 아주머니들처럼
나도 배꼽을 잡고 웃었지만, 엄마는 조용히 다짐하셨다.
다시는 할머니를 모시고 목욕탕에 가지 않겠노라고.

토마토마토마토

오빠가 할머니께 토마토를 드렸다.

토마토를 와앙— 크게 한입 베어 문 할머니는 얼굴을 찡그리며 "아이고 이게 대체 뭐냐. 뭔데 이렇게 시큼해?" 하셨다.

"웅 오마니, 그거 토마토야 토마토."

"토…?"

"토마토."

"이잉?"

"토! 마! 토!"

"토아오?"

"음, 그러니까… 아, 맞다! 도마도."

"아아, 도마도! 어쩐지 시큼하다 했네."

도마도.

토마토.

못 알아들을 정도인가?

혹시 둘이 지금 게임하는 건가?

토!마!도!마!토!마!도!

너의 목소리가 들려

할머니는 식사를 하시다가, 주무시다가, TV를 보시다가도 갑자기 "왜들 저렇게 내 이름을 부른댜? 자꾸 편광희 어머님~ 편광희 어머님~ 해 쌓네" 하신다.

그리고 그 말을 백 번쯤 반복하신다.

치매 환자에게서 흔히 나타나는 환청 증세다.

그럴 때마다 식구들은 다양한 방식으로 그때그때 둘러댄다.

"누가 부른다고 그래."

"우리 집에서 나는 소리 아니야."

"아무도 안 불러. 바람 소리야."

오늘도 어김없이 할머니는 잘 주무시다가 갑자기 방문을 열고 나오시더니만 "누가 나를 부르네. 편광희 어머님~ 편광희 어머님~ 하네" 하셨다.

또 시작이네, 오늘은 몇 번이나 하시려나, 하며 돌아보는데 아빠가 색다른 대답을 하셨다.

"이리 오서서 TV 보라고 그러나 보네."

그러자 할머니가 냉큼 TV 앞으로 가서서 배우들을 물끄러미 보시더니 "이이 그려. 그러네. 그래서 나를 불렀구나. 아이고 우스워 죽겠네. 히히히" 하시고 조용히 드라마를 보셨다.

뭐, 뭐지?
왜 한 번밖에 안 물어보고 끝났지?
설마 TV에서 진짜로 누가 할머니를 불렀나?

우리 식구들에게는 일상이 판타지 스릴러이다.

핑크 공주

거실에 나와 보니 엄마와 아빠가 구석에서 쑥덕쑥덕 얘기를 나누고 계셨다.

할머니 손목에 못 보던 팔찌가 있는데, 아무래도 복지관에서 다른 할머니 물건을 그냥 가져오신 것 같다는 거였다.

어쩌면 좋으냐, 수심이 한가득인 두 분을 보고 나도 덩달아 걱정을 했다. 내일 복지관 선생님에게 얘기해서 주인을 찾아 줘야겠네, 생각하며 옷 속에 꽁꽁 숨기신 문제의 그 팔찌를 끄집어내 보니…

내 팔찌다.

아니 이걸 언제!

내 방에 언제 들어와서 이걸 집어가셨담.

책상 위에 핑크, 보라, 파랑 등 여러 개의 팔찌들을 던져 놓고 잊고 지냈었는데, 그중 핑크색만 골라서 가져가신 거였다.

이런 핑크 공주 같으니라고!

"오마니~ 이 팔찌 어디서 났어?"
"이~ 이거? 복지관 선상님이 줬어. 나보고 이쁜 할머니라고."

이런 이쁜 할머니 같으니라고.

아니 근데 뭐만 물어보면 다 복지관 선생님이래.
거 선생님, 삼자대면 한번 합시다!

S사가 무슨 죄?

주말이라 신나게 라면을 끓여먹으면서 '회사 안 가고 쉬니까 너무 좋다. 어디 일은 조금 하고 돈은 많이 주는 곳으로 이직하고 싶다. 그런 곳은 지구에 없겠지? 으아 맨날 놀고 싶다. 아 졸려' 뭐 이런 생각을 하고 있는데 할머니가 다가오셨다.

"니가 에스케이 다니나?"
"응."
"나도 다녔었어 에스케이."
"어어 그래."
"거기가 힘드나?"
"응, 힘들지."
"나는 별로 안 힘들었어."

어라?
앞부분까지는 할머니가 맨날 하시던 이야기라 건성건성 대답하다가, 본인은 별로 안 힘들었다는 신선한 말이 재미있어서 혹시나 하는 마음으로 이유를 물어봤다.

"왜?"

"나는 선상님들이 다들 예뻐하니까. 뭐든 다 잘하니까 이쁜 할머니라 그러지 괜히 그러나."

당했다.

조언을 기대하다니, 내가 잠이 덜 깼나 보다.

(3초 후)

"니가 에스케이 다니나?"

"응."

"나도 다녔었어 에스케이."

"어어~ (흥, 또 당하진 않겠다!)"

"근데 이제는 거기 안 다녀."

이건 또 뭐지?

오늘따라 할머니의 대화 구사 능력이 비범하다.

퇴사하고 어디 좋은 곳으로 이직하셨나 싶어 한 번 더 물어봤다.

"왜 안 다녀?"

"응, 졸업을 못 하고 지금은 다른 데 다녀."

"졸업? 왜 졸업을 못 했어?"

"거기가 다른 데보다 못하더라고."

"아 그래… 그래서 지금은 어디 다니는데?"

"으응, 지금은 에스케이."

오, 주여!

또 당했습니다.

저 이 라면 먹고 힘내서 그냥 열심히 에스케이 다닐게요.

알 수 없는 사정

어느 한가로운 오후, 아빠가 할머니에게 물었다.

"오마니~ 며느리 중에 누가 제일 잘해?"

"다 잘하지. 내가 잘하니께."

"그중에서 누가 젤 잘해?"

"큰며느리가 제일 잘하지."

"응? 그럼 큰며느리네 가서 살어."

"에이, 걔는 멀리 사니께……."

"그럼 둘째 며느리는?"

"걔는 요즘에 잘 안 만나서 모르겠네."

"그럼 막내며느리는?"

"이~ 걔는 이뻐. 나한테도 잘하고."

"그럼 어디서 살 거야?"

"막내네서 살아야지."

큰며느리가 제일 잘하는데 왜 막내며느리네서 살고 싶으실까.

우리 오마니 마음속이 열 길 물속이네 그려.

오마니, 그래서 지금 막내며느리랑 같이 사니까 좋지유?

엄마가 엄마의 엄마를

여러 가지 사정으로 아빠가 할머니의 손을 잡고 집에 오셨던 그날
처럼, 엄마가 외할머니의 손을 잡고 집에 오셨다.
이로써 우리 집에는 고령의 치매 할머니가 두 사람.
앞으로의 하루하루가 어떻게 흘러갈지

전혀,
감히,
누구도

짐작할 수 없다.

웰컴 투 오마니벌

그녀들의 첫 만남

"안녕하세요."

"네, 안녕하세요."

"할머니는 어디서 왔어요?"

"쟤가 내 딸이에요. 근데 할머니는 누구세요?"

"쟤가 우리 아들이에요. 여기 우리 아들 집이에요."

(잠시 후)

"안녕하세요."

"네, 안녕하세요."

"할머니는 어디서 왔어요?"

"아니 이 할머니는 왜 방금 했던 말을 또 하시나?"

"할머니, 할머니 어디서 왔어요? 아니 이 할머니는 왜 대답을 안
해!"

할머니는 했던 말을 반복하시고, 외할머니는 잘 듣지 못하신다.

앞으로도 두 분의 대화는 쉽지 않아 보인다.

굿바이, 오빠

외할머니가 오시면서 집에 방이 부족해졌다.

식구는 여섯인데 방은 넷.

어찌할까 고심하며 며칠 지내다가, 아무래도 할머니들이 방을 따로 쓰시는 게 좋을 것 같다는 결론이 났다.

그리하여, 오빠가 방을 뺐다.

아들을 내보내는 부모님의 마음은 미안함과 안쓰러움으로 가득했지만, 학교 앞에서 독립해 살기로 한 오빠는 내심 즐거워 보였다.

나도 오빠가 부러웠다. (독립! 독립이라니!)

그 뒤로 오빠가 집에 올 때면 외할머니는 "아이구, 나 때문에 미안하다" 하시면서 꼭 만 원씩, 이만 원씩 용돈을 쥐어 주셨다.

오빠가 정말 부러웠다. (나는! 내 용돈은!)

엄마는 지금까지도 오빠에게 두고두고 미안해하시지만, 꼭 그렇게 미안해하실 일만은 아닌 것 같다.

오빠, 맞지?

초밥의 변신은 무죄

할머니는 음식을 몰래 드신다.

식탁에 앉혀 드리면 식사를 거부하다가, 가족들이 자리를 비우거나 다른 일을 하고 있을 때 슬그머니 부엌이나 거실에 있는 음식들을 몰래 드시곤 한다.

할머니의 단식투쟁(?)에 식구들의 시름이 깊어지던 어느 날, 나는 내가 먹으려고 사 온 초밥을 식탁 위에 올려놓은 채 잠시 자리를 비웠다.

돌아와서 보니 이게 웬일?

초밥이 발가벗었다!

생선 없는 초밥.

아니다.

이제 더 이상 초밥일 수 없는 와사비 주먹밥이 나를 보며 오들오들 떨고 있었다.

'언니, 추워요. 어디 갔다 이제 왔어요. 엉엉엉~.'

トゥ〜

부끄러워와요!

아 정말, 한참을 배꼽 잡고 웃었다.

저렇게 드시면 내가 모를 거라고 생각했을 할머니를 떠올리니, 그리고 살금살금 초밥의 뚜껑만 벗겨 드셨을 그 모습을 상상하니 너무 귀여워서 자꾸만 웃음이 났다.

웃다 보니 눈물이 조금 났다.

그 눈물이 그래도 오늘은 뭘 좀 드셨다는 안도감 때문이었는지, 자식들 몰래 뭘 먹어야 하는 할머니가 안타까워서였는지는 잘 모르겠다.

확실한 건, 내가 먹을 초밥이 없어져서는 절대 아니라는 거.

진짜다!

다섯 번의 아침밥상

"으아아~ 무슨 아침상을 다섯 번을 차리냐고! 힘들어 죽겠네 진짜!"

엄마가 절규한다.

아침 일찍 출근하는 아빠, 그보다 조금 늦게 출근하는 나, 느지막이 일어나는 오빠, 그리고 매일 아침 컨디션이 다른 할머니들. 생활 패턴이 제각기 다른 식구 5명의 아침을 전부 따로 차리게 되는 날이면 엄마는 굉장히 힘들어한다.

나와 오빠가 조금만 일찍 일어나서 아빠랑 같이 아침을 먹으면 좋은데 잘 안 된다.

엄마가 등을 후려쳐서라도 깨워 주면 될 텐데, 마음 약한 우리 엄마는 새끼들 5분이라도 더 자게 두려고 차마 그러지도 못한다.

도와드리지는 못할망정 일을 보태고 있으니 면목이 없다.

내일은 꼭 일찍 일어나야지.

엄마, 미안해.

용의주도 미세스 편

할머니가 오며 가며 집어 드실 수 있도록 엄마가 식탁 위에 김밥을 잔뜩 쌓아 놓았다.

누가 쳐다보면 더 안 드시니까 다들 안 보는 척하면서 계속 식탁 위를 체크하고, 수시로 집 곳곳을 괜히 오가며 할머니와 김밥의 변화를 지켜봤다.

저녁 때 식탁을 최종 점검한 가족들은 또 한 번 주저앉아 배를 잡고 뒹굴 수밖에 없었다.

언뜻 보기에 별로 줄어든 거 같지는 않은데…

어라 이게 뭐지?

어째 이 김밥은 길이가 좀 짧다?!?!

김밥 중간쯤에서 두세 개만 빼서 드시고는, 꽁다리 부분을 슬쩍 밀어 몸통을 다시 붙여 놓는 센스를 발휘한 할머니.

어떻게 이런 생각을 하신 걸까.

진짜 대단하다.

우리 할머니의 김밥 옆구리 빼기 신공!

식구의 탄생

　내가 기억하는 '치매 노인'의 전형은 드라마 〈전원일기〉에서 시작된다. 어릴 때 우리 가족은 외할머니와 함께 살았었는데, 외할머니와 엄마는 다른 건 몰라도 〈전원일기〉는 꼭 챙겨 보셨다. 그때 고작 6~7살이었던 나는 작은 브라운관 속 양촌리 사람들이 말하고 움직이는 것을 이불 속에서 꼼지락대며 보는 게 참 좋았다. 어쩌면 미처 다 이해할 수 없는 드라마의 내용보다, 외할머니와 엄마랑 함께 살을 대고 있는 시간의 따스함이 좋았던 것일지도 모른다.

　양촌리 사람들이 살아가던 이야기는 세월의 흐름과 함께 희미해졌지만, 유독 강렬한 기억으로 남아 있는 장면이 있다. 김 회장댁 할머니가 치매에 걸리셨을 때의 일이다. 모친이 아프다는 것을 알고 아이처럼 펑펑 울어 보는 이들을 눈물짓게 했던 김 회장님의 모습보다 내 기억 속에 더욱 또렷하게 남아 있는 장면은 마당으로 나 있는 문짝을 부서져라 열고 "배고픈데 며느리가 밥을 안 준다"고 소리를 버럭버럭 지르는 할머니와 "방금 드서 놓고 저러신다"면서도 묵묵히 다시 밥상을 들이는 며느리, 그리고 그 밥상을 다시 엎어 버리는 할머니의 모습이었다. 바로 그게 '치매'가 내게 남긴 첫인상이었다.

그렇게 내 속 어딘가에 남아 있던 '치매 노인'과 '밥상'의 엮임은 할머니, 외할머니와 함께 살면서 더욱 촘촘하고 단단해졌다. 처음 할머니가 우리 집에 오셨을 때는 식사를 거부하셨다. 아버지가 할머니에게 '나 안 먹어 할머니'라는 별명을 지어 주실 정도로, 밥을 보면 "나 안 먹어"라는 말을 자동적으로 뱉어 내셨다. 그때 나는 할머니도 〈전원일기〉를 보신 게 틀림없다고 생각했다. "나 안 먹어" 뒤에 하시는 말씀 때문이었다.

"치매 걸린 할망구들은 금방 밥을 먹고도 또 달라고 한다는디, 나는 아니여. 나는 치매 아니여. 나는 배가 안 고파. 나는 신경 쓰지 말고 니들이나 많이 먹어!"

엄마가 아무리 맛있는 음식을 해 드리고 딱 한 숟가락만 드시라고 애원을 해도 할머니는 밥을 드시지 않았다. 할 수 없이 우리는 떡이나 감자, 옥수수, 과일 같은 간식을 수시로 드리며, 어떻게 하면 식사를 하시게 만들까 애를 태웠다.

그러다 외할머니가 오셨다. 두 분은 식탁에 마주 앉은 채 행여 상대에게 질세라 함께 식사 거부를 하셨다. 가족들 입장에서는 미칠 노릇이었다.

그 무렵의 나는 '나이 드신 분이 곡기를 끊으면 위험하다'라는 말을 하루에도 몇 번씩 떠올리며 몸서리를 쳤다. 두 할머니가 계속 식사를 안 하시니 항상 죽음이 우리 집 대문 앞에서 어정거리고 있을 것만 같았다. 온 가족들이 수심에 잠긴 얼굴로 음식을 떠서 할머니들 손에 쥐어 드리고 입에 넣어 드리고……. 마치 아기를 달래어 겨우겨우 밥을 먹이는 것 같은 힘겨운 풍경이 우리 집 식탁에서는 매일 되풀이되었다. 그렇게 양촌리의 치매 노인과 밥상은 우리 집의 할머니들과 밥으로 분해 끈질기게 내 삶에 들러붙었다.

결코 풀 수 없을 것 같았던 이 난제의 실마리는 예고 없이 스스로 찾아왔다. 어느 날 다 함께 식탁에 둘러앉았는데, 할머니가 갑자기 식사를 아주 잘하시는 게 아닌가! 밥을 크게 떠서 한입 드시고, 반찬으로 내어드린 고기까지 꼭꼭 씹어 잡수시면서 할머니는 외할머니를 향해 과시하듯 말씀하셨다.

"노인네들은 그저 자식들이 해 주는 밥을 잘 먹어야지. 힘들게 차려 줬는데 안 먹고 그러면 쫓겨나요! 나처럼 이렇게 잘 먹어야 자식들도 이쁜 할머니라고 좋아하지!"

이게 무슨 일인가 싶었다. 할머니는 이제 더 이상 '나 안 먹어 할머니'가 아니라 '이쁜 할머니'가 되기로 마음을 먹은 듯했다. 반가운 마음과 함께 궁금증이 일었다. 할머니의 마음속에서 대체 무슨 일이 일어난 걸까?

내 짐작은 이렇다. 우리 할머니는 지금 아기가 되셨으니까, 갑자기 집에 오신 외할머니가 할머니에게 일종의 경쟁자로 인식된 거다. 그래서 가족들의 사랑을 독점할 수 있는 나름의 방법을 생각해내신 게 아닐까 싶다. 더욱 놀라운 건, 할머니가 식사를 하시기 시작하자 외할머니도 덩달아 식사를 아주 잘하시게 되었다는 점이다. 가족들 입장에서는 더 바랄 게 없는 변화였다. 이제 정말 모두가 한식구가 된 기분이었다.

식구.

한집에서 함께 살면서 끼니를 같이하는 사람들.

우여곡절이 있었지만, 마침내 우리는 이렇게 함께 살면서, 같이 밥을 먹고 있다.

벚꽃엔딩

십팔번 노래 대결

할머니와 외할머니에게는 각자의 '십팔번'이 있다.
할머니는 '이 풍진 세상', 외할머니는 '고향의 봄'.
친척들이 집에 놀러 왔을 때나 당신 기분이 좋으실 때, 딱히 특별한
이유가 없을 때도 두 분은 노래를 즐겨 부르신다.

가족들이 모두 집에 있는 주말, 거실에서 TV를 볼 때면 아빠는 종
종 "우리 노래 부를까요?" 하고 두 분에게 노래를 권하신다.
말이 떨어지기 무섭게 할머니들은 동시에 박수를 치며 노래를 부
르기 시작한다.

"이 풍진 세상을 만났으니~ 너의 희망이 무엇이냐~"
"나의 살던 고향은 꽃 피는 산골~"

두 노래가 뒤섞여서 정신이 없지만, 그래도 노래가 끝나면 다 같이
박수를 치며 "와아~" 환호한다. 그럼 기분이 좋아져서 다시 부르고
또다시 부르시는 모습이 꼭 해맑은 아이들 같다.

그런 할머니들을 보며 생각했다.

만약 모든 걸 잊어버리는 때가 오면, 나는 어떤 노래를 부르게 될까.

지금 우리 할머니들처럼 듣고 있으면 절로 미소가 나오는 곱고 예쁜 노래를 부르면 좋겠다.

내 자식들이 나를 떠올릴 때면 함께 추억할 노래.

그런 노래가 뭐가 있을까?

그러다 문득, 얼마 전 엄마랑 노래방에 갔을 때 엄마가 휘성 노래를 불러서 깜짝 놀랐던 기억이 떠올랐다.

"마이 네임 이즈 리얼 슬로우~ 너와 결혼까지 생각했어 ~ 똬아하아어~."

어… 엄마?

오싹한 이야기

아주 가끔 할머니들은 내가 보지 못하는 걸 보신다.

어느 늦은 밤.

나는 거실에서 TV를 보고 있었고, 할머니는 주무시러 방에 들어가셨다.

그런데 갑자기 할머니 방에서 중얼중얼 소리가 들렸다.

무슨 일인가 싶어 문을 열고 할머니에게 왜 그러시냐고, 방금 뭐라고 하셨냐고 물었다.

그러자 할머니가 마침 잘 왔다는 듯 말씀하셨다.

"아아니 저 사람들이 자꾸 안 나가고 저기 서 있잖여! 저 남자들이랑 여자가 자꾸 내 방에 들어오잖여!

왜들 안 나가고 저렇게 계속 서 있댜아! 여봐요! 저리 가요! 들어오지 말라고요!"

할머니의 손끝은 하얀 벽을 가리키고 있었다.

한번은 외할머니가 이러신 적도 있다.

역시나 방에서 혼자 중얼거리셔서 들어가 보니,

"얘~ 얘~ 아이고 추운데 왜 거기 그러고 앉아 있니. (덮고 계신 이불 한쪽을 들어올리시며) 이리 들어와서 같이 누워 있자. 아이고 저 어린 게 왜 저기 저러고 혼자 있니 그래… 쯧쯧쯧."

외할머니의 눈길 역시 방구석에 고정되어 있었다.

이런 적도 있었다.

힘들어하시는 엄마 아빠를 1박2일 휴가 보내 드리고 혼자 집을 보고 있을 때였다.

할머니들 저녁 챙겨 드리고 부엌에서 설거지를 하고 있는데, 할머니가 내 뒤로 스윽 오더니 이렇게 말씀하셨다.

"야, 저기 베란다에서 허~옇고 흐물흐물한 게 자꾸만 집 안으로 들어오려고 기웃거려. 니가 가서 못 오게 좀 해 봐."

으으으.

온몸에 소름이 오도도독 돋았다.

급히 베란다로 달려가서 문을 잠그고 블라인드를 쳤다.

아무것도 보이지 않았지만, 그래서 더 무서웠다.

"할머니, 내가 문도 잠그고 이렇게 다 가렸어. 이제 못 들어올 거야"

하고 할머니를 안심시키는데 정말 울어 버리고 싶었다.

결국 난 그날 밤 동네 친구에게 전화를 걸었다.

"진아, 나 무서워서 도저히 혼자 못 자겠어. 우리 집에 와서 같이 자면 안 돼?"

할머니들 때문에

울 엄마가 제일 많이 하는 말은?
할머니들 때문에.

"인실 씨 이번 주에 미술교실에서 소풍 가는 거 알죠?"
"아… 저는 집에 할머니들 때문에 못 가요."

"엄마 이따 저녁에 뮤지컬 티켓 생겼는데 같이 갈래?"
"야, 엄마는 할머니들 때문에 저녁에 못 나가지!"

"그래도 생일인데, 어디 맛있는 레스토랑이라도 가자!"
"에이… 할머니들 때문에 멀리 가면 안 돼. 그냥 동네에서 얼른 먹
고 들어오자."

어릴 때는 우리들 때문에, 이제는 할머니들 때문에, 우리 엄마는 하
고 싶어도 못 하는 게 너무나 많다.

별게 다 있네

외할머니는 매번 식사를 하실 때마다 모든 음식을 생전 처음 먹는다고 하신다.

"이게 뭐냐?"
"그거 연근. 연근조림."
"세상에 이런 건 또 처음 먹어 보네. 별게 다 있네."

"이건 뭐냐? 어떻게 먹는 거냐?"
"그건 오징어. 여기 이 초고추장 찍어서 드시면 돼요."
"이렇게? 하하하 우습다! 나는 이런 건 처음 보네! 정말 별게 다 있네!"

이렇게 매일 먹는 반찬도 매번 신기해하고 감탄을 하신다.
그러고는 정말 태어나 처음 먹어 보는 사람처럼 맛있게 음식을 드신다.

이런 건 완전 처음이야

늘 보는 가족도 매번 저 사람이 누군지 궁금하고 매일 먹는 음식도 항상 처음처럼 새롭다는 건 대체 어떤 느낌일까.

모두가 외할머니처럼 세상을 느낀다면 늘 곁에 있는 이를 지겨워할 사람도, 당연해 보이지만 알고 보면 감사한 것들에 무관심할 사람도, 매일 똑같은 하루에 권태를 느낄 사람도 없을 텐데.

이 사람 누구야?

가끔 친척들이 집에 놀러 오면 제일 먼저 하는 말이 있다.

"엄마, 나 누구야?"
"어머님, 저 누군지 아세요?"
"할머니, 내가 누구게?"

그때마다 할머니는 당황한 기색이 역력하다.
"글쎄 누구지? 아이고 다 까먹었네" 할 때도 있고, "큰아들인가?" 하
면서 막내 사위 손을 잡을 때도 있다.
그럴 때마다 가족들은 '이제 정말 기억 못 하시네' 하며 마음 아파하
기도 하고, 엉뚱한 대답을 늘어놓는 할머니가 귀여워서 웃음을 터
뜨리기도 한다.

그런데 아주 가끔은, "이 사람이 누구냐"고 자꾸 묻는 가족들에게
"아 몰러!" 하며 역정을 내신다.
할머니가 그러실 때면 나는 오히려 안심을 한다.

'왜 자꾸만 묻느냐.

나는 너희들을 다 잊지 않았다. 그러니 그만해라.

아직은 나를 아무것도 모르는 사람 취급하지 말아라.

기분 나쁘다, 이놈들아.'

할머니의 짜증이 이런 뜻으로 들려서다.

금쪽같은 화장지

할머니들은 화장지를 돈이라고 생각하신다.

화장실에 갔다가 나오실 때도 화장지를 잔뜩 뜯어서 손에 쥐고 나오시고, 집에 있는 티슈도 어느 틈엔가 본인 주머니 속으로 가지고 가신다.

이런 행동을 두 분이 경쟁적으로 하시는데, 쓰지도 않을 화장지를 왜 자꾸 가져가시는지 도무지 알 수가 없다.

한번은 가족들이 다 함께 패밀리 레스토랑에 갔는데 할머니가 테이블에 있는 티슈를 계속 접어서 주머니에 넣으시고, 우리가 쓴 더러운 티슈도 착착 접어서 주머니에 넣으시고, 손을 닦은 물티슈까지 넣으시더니 급기야 옆 테이블의 티슈까지 갖고 오려고 하셔서 가족들이 뜯어말린 적이 있다.

어찌나 주도면밀하게 화장지를 수집하시는지, 잠깐만 한눈을 팔아도 옆 테이블로 달려가시기 일쑤다.

집에 와서 주머니를 뒤집어 보니 화장지로 대청소를 해도 될 것 같았다.

아, 화장지가 돈이라니!

우리 할머니들은 얼마나 행복할까?

사방 천지에 돈이 널려 있으니, 주워서 주머니에 넣기만 하면 된다.

오늘도 우리 할머니들의 주머니는 하얗고 보들보들한 돈으로 두둑하다.

어느 새벽의 일

늦은 밤.

엄마의 비명 소리에 방에서 뛰쳐나갔다.

아빠도 늦으시고 집에는 엄마와 나, 그리고 할머니들뿐이었다.

소리가 들려오는 곳은 외할머니 방.

문을 열어 보니 외할머니는 눈을 감고 누워 계시고, 엄마는 그런 외할머니를 붙잡고 흔들며 소리치고 계셨다.

"엄마! 엄마! 엄마 왜 이래! 엄마 눈 좀 떠 봐!"

황급히 다가가서 내려다보니 외할머니가 금방이라도 숨이 넘어갈 듯 거칠게 숨을 들이쉬고 계셨다.

아무리 흔들어도 눈을 뜨지 못하셨다.

얼른 정신을 차리고 곧바로 119에 전화를 했다.

엄마는 여전히 패닉 상태에 빠져 있었다.

울음 섞인 목소리로 이모들에게 전화를 하고 계신 것 같았다.

외할머니가 금방이라도 돌아가실 것 같았다.

무서웠지만, 그만큼 무섭게 침착해지는 나를 느낄 수 있었다.

'정신 바짝 차려!'라는 말을 마음속으로 스스로에게 수없이 외쳤다.

출동 중인 구급대원에게 상황 설명을 하고 있는데 엄마가 나를 불렀다. 외할머니가 정신을 차리셨다고, 이제 괜찮으신 것 같다고 했다.

다시 상황을 설명하고 구급차를 돌려보냈다.

외할머니는 다행히 정말로 괜찮으신 것 같았다.

왜 그러냐고, 무슨 일이 있냐고 엄마에게 묻고 계셨다.

손을 덜덜 떠는 엄마를 겨우 진정시키고, 그제야 나도 놀란 가슴을 쓸어내렸다.

이 일이 있은 뒤로 내가 가장 걱정하는 일이 생겼다.

그건 바로, 엄마 혼자 할머니들이랑 있다가 최악의 일이 생기는 것.

아빠도 오빠도 나도 없을 때 엄마 혼자서 큰일을 맞이하는 것.

그건 엄마에게 정말이지 너무나 가혹하다.

제발 그런 일은 없기를 간절히, 간절히 바란다.

나도 할 수 있어!

"할머니 이거 할 수 있어요?"

음? 이게 무슨 소리지?

외할머니 목소리인데 두 분이 뭐 하시나?

거실에 나가 보니 외할머니가 할머니에게 신기술을 선보이고 계셨다. 양손 검지와 엄지를 엇갈리게 맞대서 다이아몬드 모양을 만든 뒤 손가락을 번갈아 바꾸는 동작인데, 두뇌 자극에 도움이 되는 손 체조라고 예전에 어디서 배우신 것 같다.

할머니는 외할머니의 화려한 손재주를 따라 해 보려고 하셨지만, 연세도 더 많고 치매 진행도 더 많이 되신 터라 쉽지 않으신 모양이었다.

나는 어찌할 줄 몰라 쩔쩔매는 할머니를 위해 그녀들 앞으로 다가 갔다. 그리고는 어릴 때 유치원에서 배웠던 '거미가 줄을 타고 올라 갑니다~' 하는 노래까지 부르며 열심히 손가락으로 다이아몬드 모양을 만들어 할머니를 독려했다.

"오마니~ 이 손을 이렇게, 이렇게 한 다음에 바꿔서! 이렇게! 이렇게!"

할머니는 나를 따라서 몇 번을 더 시도해 보시더니, 갑자기 박수를 치며 노래를 부르기 시작하셨다.

"이 풍진 세상을 만~났으니 너의 희망이 무엇이냐~."

아아.
나는 노래를 부르시기 전 할머니의 표정을 보고 말았다.
'도저히 안 되겠다. 그러나 이대로 질 수야 없지. 나도 잘하는 게 있다 이거야!'
뭐 이런 내적 갈등의 흔적을 말이다.

그래, 오마니.
박수도 두뇌 자극에 아주 좋은 운동이야.
참 잘했어요.

기왕 주는 거 화끈하게

오랜만에 엄마와 함께 쇼핑을 했다.

할머니들이 좋아하실 알록달록 꽃무늬 옷을 사서 집으로 돌아가는

발걸음이 가벼웠다.

새 옷을 입혀 드리니 할머니들도 기분 좋아 보이셨다.

외할머니는 옷이 무척 마음에 드셨는지 "아유~ 이쁘다. 이거 하나

줄까? 옛다~" 하면서 엄마에게 화장지를 한 장 주셨다.

엄마가 웃으며 "엄마 이게 뭐야?" 하고 묻자 외할머니는 "왜? 적냐?

옛다!" 하시면서 선심 쓰듯 화장지 한 장을 더 던져 주셨다.

와!

우리 엄마 부자네, 이제.

할머니, 엄마 그리고 딸

내게는 엄마가 딸이었던 순간에 대한 기억이 있다. 내가 막 초등학교에 들어갔을 무렵, 엄마와 내가 외할머니 댁에 놀러 간 적이 있었다. 걸어서 10분 정도 되는 가까운 거리였기 때문에 출발할 때 미리 연락을 하지 않았다.

그런데 아무리 초인종을 눌러도 인기척이 없었다. 엄마가 문을 두드리며 "엄마~엄마~" 하고 불러 보기도 하고 까치발을 들고 베란다(외할머니 댁은 2층이었다)를 살펴보기도 했지만 집 안은 조용했다. 휴대폰도 없던 시절이라 우리는 집 앞에서 하염없이 외할머니를 기다려야 했다.

제법 긴 시간이 흘렀던 것 같다. 저기 멀리서 성경책을 손에 든 외할머니가 걸어오시는 게 보였다. 성당에 다녀오시는 모양이었다. 집 앞에 쭈그리고 앉아 있는 딸과 손녀를 보신 외할머니는 미리 전화라도 하고 오지 그랬냐며 급히 문을 열어 주셨다. 집 안에 발을

들이자마자 TV 아래 서랍에 있는 과자를 먹기 위해 신이 나서 안방으로 달려 들어가는 나와는 다르게, 엄마는 대뜸 외할머니에게 골을 냈다.

"어디 갔다 왔어! 밖에서 한참 기다렸잖아."
"아구구구~ 우리 막내 엄마 오래 기다렸어?"

외할머니는 엄마가 아기라도 되는 것처럼 엄마의 투정을 따뜻하게 받아 주셨고, 바로 그때 엄마가 울음을 터뜨렸다.

나는 놀랐다. 엄마가 울다니! 우리 엄마가 지금 아이처럼 외할머니 앞에서 '엄마 어디 가쪄쪄~ 잉잉잉~' 이러면서 울고 있는 건가. 와, 이게 무슨 일이지? 그때의 나는 엄마도 딸이라는 사실을 알기엔 너무 어렸기 때문에 그 상황이 굉장히 이상하고 충격적이었다. 덕분에 20여 년이 훌쩍 지난 지금까지도 또렷하게 기억하고 있는 것이다.

생각해 보면 그때 당시 엄마는 서른네 살. 지금의 나보다 고작 서너 살 많은 나이다. 그 나이에 아이 둘을 낳고 키우면서 얼마나 힘든 일이 많았을까. 그냥 엄마 얼굴만 봐도 울음을 터뜨릴 일이 얼마나 많았겠는가 말이다.

20년이 지나고서야 나는 그때 아기처럼 울던 엄마를 이해할 수 있었다. 엄마가 딸이고 외할머니가 엄마일 때. 엄마가 지금의 나이고 외할머니가 지금의 엄마일 때. 두 사람이 모두 잊어버린 그 시간의 한 조각을 딸이자 손녀인 내가 또렷이 기억하고 있다.

모든 딸은 엄마가 되고 모든 엄마는 할머니가 된다. 나도 언젠가는 엄마가, 그리고 할머니가 될 거다. 당연하고 특별할 것 없어 보이는 이 사실을 나는 여러 번 곱씹어 본다. 그리고 언젠가 읽었던 엘리자베스 마셜 토머스의 『세상의 모든 딸들』에서 주인공의 어머니가 죽기 전에 딸에게 남긴 말을 떠올린다.

"사람은 이렇게 살고, 또 이렇게 죽는 거야. 세상의 모든 딸들이 나처럼 그렇게 살아왔어. 아이를 낳고, 호랑이를 따르는 까마귀처럼 남편을 따르고, 그렇게 살다가… 야난, 너는 내 딸이다. 그리고 언젠가는 너도 어머니가 되겠지. 세상의 모든 딸들이 결국 이 세상 모든 이의 어머니가 되는 것처럼……
남자가 고기를 지배하고 오두막을 지배해서 여자보다 월등 위대한 것 같지만 사실은 그렇지 않아. 남자가 위대하다면 여자는 거룩하단다. 왜냐하면 세상의 모든 딸들이야말로 이 세상 모든 사람의 어머니이기 때문이지."

한 사람의 어머니로서 부끄럽지 않은 삶! 그보다 우선하는 가치가 있을 수 있을까. 그런 삶을 사는 데 필요한 모든 것을 나는 훌륭한 어머니면서 동시에 사랑스러운 딸이었던 할머니, 외할머니 그리고 우리 엄마로부터 받았다. 그걸 어떻게 간직하고 지켜내고 발휘하는가는 이제 온전한 내 몫으로 남았다.

글로벌 트렌드

할머니도 외할머니도 처음 집에 오셨을 때는 뽀글뽀글 할머니 파마에 염색까지 하셨다.

초반엔 파마도 다시 해 드리고 염색도 계속 해 드렸는데, 독한 약품들이 노인들에게 별로 좋지 않다고 해서 이젠 그만두었다.

그랬더니 할머니들 심기가 불편해지기 시작했다.

아무래도 머리가 점점 백발이 되어 가니 신경이 쓰이셨나 보다.

연신 거울을 보며 머리를 살피고, 마음에 들지 않는다는 의사표현을 하셨다.

그때마다 이리저리 달래 보았지만 그때뿐, 할머니들의 기분은 금세 다시 나빠지곤 했다.

그러던 어느 날.

할머니가 "내 머리가 왜 이렇게 하얘?" 하며 언짢아하시자 아빠가 달래 드렸는데 그 방법이 기똥차게 기발했다.

"아이고~ 이게 누구세요?"

"이이?"

"어쩜 머리가 이렇게 하얗고 예뻐요? 꼭 미국 할머니 같네."

"미국 할머니?"

"요즘 미국 할머니들은 다 이렇게 머리를 하얗게 한대요. 예쁘죠?"

"으응, 헤헤헤."

우리 할머니들, 아빠의 속임수에 넘어가셨다.

갑자기 나온 아빠의 미국 할머니 발언도 황당하지만, 조작된 글로벌 헤어 트렌드에 넘어간 할머니들도 정말 웃긴다.

울 아빠, 여자를 너무 잘 아는 거 아님?

외할머니의 딸부심

평온한 오후.
외할머니가 곁에 앉아 있던 엄마를 가만히 바라보시더니, 고개를
돌려 할머니에게 말을 거신다.

"할머니, 얘가 할머니 며느리지요?"
"네, 걔가 우리 며느리예요."
"며느리가 참 잘하지요?"
"네, 아주 잘해 줘요."
"얘가 내 딸이에요."

그 말씀을 하시는 외할머니의 얼굴에 뿌듯한 미소가 가득하다.
아마도 세상 엄마들이 가장 하고 싶은 말이겠지.

'이 아이가 바로 내 아이랍니다.
이렇게 착하고 예쁜 아이가 내 딸이라구요.'

벚꽃엔딩

별아.
왜 작년에 엄마랑 외할머니랑 단둘이 대공원에 간 적 있잖아.

그때 있지.
네 외할머니가 대관람차 타기 싫다고 하셔 놓고, 막상 타고 나니 아이처럼 정말 좋아하셨어.
날씨도 좋고, 꽃들도 얼마나 예쁘게 폈었는지 몰라.
내가 그때 휠체어에 앉아 계신 외할머니한테 "엄마, 우리 내년에도 또 같이 꽃 보러 오자" 하고 약속했었는데, 그 약속 지키지도 못하게 이렇게 가셨네.

너무 보고 싶어.
우리 엄마 보고 싶다.

엄마.

외할머니 활짝 핀 꽃길 걷고 계실 거야.

외할아버지가 한달음에 마중 나오셨을 거야.

두 분 이제 손 꼭 잡고 봄처럼 활짝 웃으실 거야.

벚꽃이 참 곱게 피었네.

엄마, 올해 대공원은 나랑 가요.

나도 우리 엄마 웃는 얼굴 보고 싶다.

더 늦기 전에

고 신해철의 장례식에 쓰인 '조문보'에 대한 기사를 접했다. 외할머니의 장례식이 끝나고도 한참 뒤였다. 가시기 전에 알았더라면 좋았을걸, 하는 뒤늦은 아쉬움이 일었다.

조문보에는 고인이 어떤 분이셨고 어떤 삶을 살았는지에 대한 내용과 장례식에 찾아와 준 분들에 대한 유족들의 인사가 담겨 있다. 이를 통해 그 자리에 모인 사람들이 고인의 삶을 추억하며 뜻깊은 시간을 보낼 수 있는 것이다.

그런데 잠깐!

외할머니의 삶에 대해 내가 알고 있는 것이 뭐지?

만약 조금 더 먼저 조문보에 대해 알았다면 나는 거기에 어떤 내용들을 적었을까?

외할머니는 콩밥을 싫어하는 내게 지겹도록 콩밥을 해 주셨다.

그러면서도 콩을 골라 꺼내 놓는 나를 혼내지 않고 부드럽게 타이르셨다. 밥상에 구운 생선이 빠진 적이 없어서 어릴 적부터 나는 고기보다 생선을 좋아했었다. 생선을 구우면 살을 발라 내 밥에 얹어 주시고, 외할머니는 생선의 눈이나 가장자리 지느러미를 와작와작 씹어 드셨다.

종종 베란다에 앉아 담배를 피우셨는데 그 모습이 좀 멋있었다. TV 아래 서랍에는 항상 본인이 드시기엔 너무 많은 양의 과자가 가득했다. 혼자 화투를 가지고 하는 놀이를 즐기셨는데, 외할머니 손끝에서 화투들이 일렬로 가지런히 줄을 서기도 하고 피라미드 탑이 되기도 했다. 가끔 오빠와 나도 함께 앉아 화투를 뒤집어 같은 그림 찾는 놀이를 하곤 했다.

구구단을 다 외워야 방에 들어오게 해 준다는 엄마 말에 골이 나서 냉장고와 벽 사이 틈에 들어가 고개를 숙이고 있는 나를 꺼내 주고 따뜻하게 달래 주셨다. 흔들리는 이를 실로 묶고 내 이마를 치다가 잘 안 되니까 그 실을 문고리에 연결한 뒤 문을 열어 이를 뽑은 것도, '까치야 까치야 헌 이 줄게 새 이 다오!' 하며 뽑힌 이를 하늘로 던진 것도 다 외할머니였다.

외할머니에 대해 생각하다 보니 궁금한 게 많아진다.

학교 다닐 때 어떤 공부를 가장 좋아했는지, 제일 처음 남자를 좋아한 게 언제였는지, 외할아버지를 만났을 때 심정이 어땠는지,

처음으로 곱게 화장을 한 건 몇 살 때였는지, 꿈은 뭐였는지, 특별히 가 보고 싶은 나라가 있었는지, 우리 엄마를 낳았을 때 기분은 어땠는지, 엄마 이름은 어떻게 지으신 건지, 내가 태어날 때 어디에 계셨는지, 살면서 가장 힘이 되어 준 절친한 친구는 누구였는지, 담배는 언제 누구한테 배우신 건지, 그 큰 집에 혼자 사시면서 얼마나 외로우셨는지, 스스로가 정신을 놓고 있다는 사실을 처음 아셨을 때 마음이 어떠셨을지…….

마주 보고 앉아서 다 물어보고 싶은데, 이제 외할머니는 우리 곁에 계시지 않는다.

이동섭은 그의 책 『파리 로망스』에서 "이별이란 함께했던 과거가 아닌, 함께하지 못할 미래의 상실"이라고 했다. 외할머니와의 이별은 내게 그것을 참 아프게 깨닫게 해 줬다. 함께했던 과거는 나 혼자서라도 얼마든지 간직할 수 있지만, 함께할 수 있었던 미래는 한 사람이 떠나가면 영영 상실되고 만다. '더 이상의 미래는 없다'는 것보다 사람을 무력하게 만드는 말이 있을까. 이별은 그렇게 잔인하다.

지금 내가 과거로 바뀌어 가는 현재를 살고 있다면, 어떤 것이든 절대 미래로 미루지 말아야겠다고 다짐했다. 그리고 당장 엄마에게 전화를 걸었다.

"엄마, 나 태어났을 때 외할머니 어디 계셨어?"

"엄마 이름은 누가 지어 준 거야? 왜 인실이야?"

"처음엔 아빠 별로였다며? 아빠랑 결혼해야겠다고 생각한 결정적 계기라도 있었어?"

할머니
vs
손녀

오빠가 돌아왔다

외할머니가 떠나신 자리를
집 나갔던 오빠가 다시 돌아와 채웠다.

엄마의 공허한 마음을 위로할 사람은
뭐니 뭐니 해도 엄마의 영원한 사랑.
아들.

역할 바꾸기

우리 집 아침 풍경에는 빠질 수 없는 대화가 있다.
그 대화는 출근 시간에 집을 나서는 아빠에게 할머니가 던지는 오
프닝 멘트로 시작된다.

"나도 가지?"
"응, 오마니도 이따가 복지관에 가지."
"뭐 갖고 가나? 암것도 안 가지고 가나?"
"응, 거기 다 있지!"
"차가 데리러 오나? 언제 오나?"
"차가 데리러 오지. 아홉 시에 오지."

이걸 매일 아침 적게는 한 번, 많게는 서너 번 반복하는데 오늘은
장난꾸러기 아빠가 할머니의 멘트를 가로챘다.

"오마니도 가나?"
"이이~ 나도 가지."
"뭐 갖고 가나? 암것도 안 가지고 가나?"

"그렇지. 거기 다 있어."

"누가 데리러 오나? 차가 데리러 오나?"

"그러엄! 노인네가 혼자 어떻게 가? 차가 데리러 오지."

오잉?

할머니는 답을 다 알면서 왜 매일 물어보신 거지?

질문에 척척 대답하시니 은근 어이가 없었다.

아마도 그동안의 질문들은 정말 궁금해서 물어봤다기보다는, 아들과 나누는 할머니만의 아침 인사이자 배웅이었나 보다.

그나저나,

두 분이 서로의 대사를 바꿔서 알콩달콩 쿵짝쿵짝 하는 모습을 보니 아침부터 참 좋아 보이고 귀엽다.

우리 아빠, 출근할 힘이 나시겠네!

내게 모욕감을 줬어

거실에서 방으로, 방에서 부엌으로 할머니의 손을 잡고 산책 중이
시던 아빠가 내 방문을 슬쩍 열고 들어오셨다.

"오마니 오마니, 여기는 누구 방이야?"
"이이, 몰러어~."
"(책상 위 내 사진을 들어올리며) 이게 누구야?"
"몰러."
"잘 봐 봐. 누구 같아?"
"으음… 이 집 아들이네."

털썩!
나 딸이야.
여자라고.

다들 나가 줘.
혼자 있고 싶네.

아빠는 연금술사?

주말이라 간만에 배달 음식을 시켰는데, 막상 음식이 오니 다들 현금이 없었다.
으아아 어쩌지 어쩌지 어쩌지 어쩌지 어쩌지…
다들 우왕좌왕하고 있는데 아빠가 소리쳤다.

"여기 있다!"

아빠는 할머니 방으로 가서 장롱 문을 열더니 이불 사이에서 돈을 찾아 음식 값을 내셨다.
그렇다!
우리 집에는 그녀의 화수분, 이불 지갑이 있었던 것이다.

이보게 배달 청년.
너무 놀라지 말게.
허허허.

25살 연상남

아 진짜 할머니,
해도 해도 너무 한다.

오늘은 남자 친구가 집에 놀러 왔다.
할머니는 갑자기 방문한 낯선 장정에게 관심을 보이며 "너는 장가
갔느냐?"고 묻기 시작하셨다.
남자 친구가 아직 장가를 안 갔다고 하자 할머니는 우리 엄마를 가
리키며 쟤가 나한테도 잘해 주고 애가 괜찮다고, 쟤랑 둘이 잘해 보
라고 하셨다.
순식간에 남자 친구를 빼앗길 위기에 처한 나를 위해 엄마가 "오마
니~ 여기 별이는 어때?" 했더니, 오만상을 찌푸리시며 "걔는 못 써"
라고 단칼에 잘라 버리셨다.

흑!
내가 뭐! 내가 뭐!

옆에서 잠자코 듣고 계시던 아빠가 억울해하는 나를 위해 "오마니~ 이 총각은 별이 신랑이야" 했더니, 할머니가 격하게 손사래를 치면서 내게 하신 말씀이 예술이다.

"야! 너는 이 총각 근처엔 얼씬도 하지 말어!"

그때 마침 TV에 배우 천호진 씨가 등장하자 할머니 왈,

"그려, 너는 저 사람이랑 해. 사납게 안 생기고 사람이 점잖아 보인다. 놓치지 말고 꽉 잡어. 인물도 좋네."

뭘 놓치지 말고 꽉 잡어.
아오.

무한반복

할머니가 금방 했던 말을 끊임없이 반복하는 것은 우리 가족에겐
일상. 이제는 그 누구도 당황하지 않는다.
그런데 오늘은 처음으로 말과 노래를 세트로 반복하셨다.
마치 1인 뮤지컬 같은 완성된 원맨쇼였다고나 할까.

"나는 이것저것 다 잘하니께 사람들이 자꾸 노래하라고 그래 싸.

　　이 풍진 세상을 만났으니 너의 희망이 무엇이냐~ ♬
　　부귀와 영화를 누렸으면 희망이 족할까~ ♬

내가 이렇게 노래를 하고 우리 며느리한테 '우리 며느리 사랑한다,
맘먹고 뜻 먹는 대로 원하는 일 다 이뤄지라고 하느님한테 기도드
릴게~' 하믄 '아이고 우리 어머니는 어쩜 말도 저렇게 예쁜 말만 하
시지~' 이러믄, 내가 아들한테 돈 달래서 울 며느리 화장품도 사 주
고 그래. 그럼 우리 며느리가 '어머니 노래 잘하시지요? 노래 한번
해 보세요~' 해. 그럼 내가…

이 풍진 세상을 만났으니 너의 희망이 무엇이냐~ ♬
부귀와 영화를 누렸으면 희망이 족할까~ ♬

이러믄 며느리가 '우리 어머니 제가 맛있는 거 해 드릴게요!' 해."

예고 없이 시작된 할머니의 공연을 다 같이 잠자코 듣고 있다가, 없
는 이야기를 너무 그럴듯하게 만들어 내는 할머니가 재미있어서
엄마가 중간에 끼어들어 한마디 하셨다.

"오마니, 근데 나한테 언제 그랬어? 나는 처음 듣는데? 화장품 사 준
적도 없으시잖아."
"이이~ 너 말고 우리 며느리."

전혀 당황하지도 않고 바로 쳐내시는 할머니.
역시 내공 최고!
거, 그냥 조용히 들읍시다.

"아무튼 우리 며느리가 나한테 노래하라 그러믄 내가…

이 풍진 세상을 만났으니 너의 희망이 무엇이냐~ ♬
부귀와 영화를 누렸으면 희망이 족한까~ ♬

그러고 '우리 며느리 사랑한다, 맘먹고 뜻 먹는 대로 허는 일마다 다 잘되라고 하느님한테 기도드릴게~' 하면서…

　이 풍진 세상을 만났으니 너의 희망이 무엇이냐~ ♬
　부귀와 영화를 누렸으면 희망이 족할까~ ♬

그럼 며느리가 '우리 어머니는 열 마디를 해도 다 이뻐~' 이러믄 내가…

　이 풍진 세상을 만났으니 너의 희망이 무엇이냐~ ♬
　부귀와 영화를 누렸으면 희망이 족할까~ ♬"

말과 노래 사이의 간격이 점점 짧아졌다.
쉴 틈 없이 몰아치는 숨 막히는 감정 고조에, 듣고 있는 가족들도 숨이 찬다.
웃느라.

나 아니면 안 돼

집에 계실 때면 아빠는 항상 할머니에게 다정하게 말을 거신다.

"오마니, 저기 있는 며느리도 복지관 가면 오마니처럼 잘할까?"
"이이……."

어물쩍 대답을 피하시는 게 어째 좀 심상치 않다.
할머니의 반응에 신이 난 아빠는 키득거리며 다시 물으셨다.

"어때? 며느리도 잘할까?"
"이이, 뭐 아무래도 힘들지."
"힘들어? 뭐가?"
"에이, 해 본 사람만큼 하겠어? 나야 뭐든 다 잘하니까 사람들이 이
쁜 할머니라고 그러지만."

그럼요.
여부가 있겠습니까.
복지관은 이~쁜 할머니만 가시는 걸로!

핵심인재 편 여사님

할머니가 식구들 모르게 이직을 하셨다.

분명 얼마 전까진 에스케이에 다녔었는데, 오늘은 다른 회사다.

가만히 있는 내게 다가오신 할머니.

"니가 에스케이 다니지?"

"어엉."

"거긴 힘들지 않어?"

"힘들지. 할머니는 어디 다녀?"

"나? 나는 전철회사."

"전철회사? (크하학! 갑자기 웬!) 거긴 힘들지 않아?"

"으응, 그래서 다른 사람들은 만날 혼나는디, 나는 뭐든 다 잘하니까 다들 이쁜 할머니라고 그러지. 그럼 사람들이 와이로를 얼마나 먹었기에 저러냐고 지랄들이지. 와이로는 무슨 와이로를 먹여. 내가 돈이 어딨대!"

무슨 얘기를 해도 결론은 이쁜 할머니.

할머니는 뭐든지 잘하고 예쁘니까 이직도 잘 되시나 보네.

부럽다.

할머니 vs 손녀

— 1 라운드 —

"너는 엄마 닮았지? 아빠 닮아야 잘 산다던데… 잉?"

"그럼 나는 못산다는 거야?"

"아아니, 그게 아니라 뭐, 사람들이 그렇게 말들을 허니께."

"어떤 놈들이?"

"아니, 다들 그러니까 뭐. 확인은 못 했겠지만… 잘 사는지 어쩐지… 그래도 아빠 닮아야 잘 살어. 근디 너는 엄마 닮았지?"

"……."

"너는 뭐 이렇게 빼~짝 말랐어? 에이, 사람이 살이 좀 쪄야지."

"아빠 닮아서 그렇지. 아빠가 말랐잖아."

"남자는 괜찮어."

"뭐가 괜찮아. 남자가 덩치도 좀 있고 그래야지."

"아니어!! 남자는 수단만 좋으면 되지 몸은 아무 상관이 없어."

할머니는,

치매가 아닌 게 분명하다.

한마디도 안 져. 한마디도.

아오!

뒷담화

아침에 반팔 원피스를 입고 집을 나서려는데 할머니가 아주 작은
목소리로 아빠에게 "쟤는 옷이 왜 저런댜?" 하셨다.

오옷?

뭔가 재미있는 멘트가 나올 것 같은 이 느낌.

나는 할머니가 나에 대해 솔직하게 말씀하실 수 있도록 부엌에 슬
쩍 들어가서 못 듣는 척 뒤돌아 서 있었다.

그런 나를 보고 눈치 빠른 아빠가 다시 할머니에게 물었다.

"왜애? 별이 옷이 이상해?"

"이이, 아니 옷이 저게… 좀……."

아!

뒷모습도 보이지 말아야 하는구나.

이번에는 할머니 눈에 아예 안 보이게 다용도실로 들어가 버렸다.

다시 아빠.

"옷이 왜애?"

"저게 뭐여 저게! 점잖치 못허게. 이마안큼(팔목까지) 내려오게 입어야지."

할머니는 그제야 나의 과다노출(?)에 대한 폭풍 뒷담화를 쏟아내셨다.

귀여운 오마니.
고리타분 90년 전 오마니.
다 들리지롱.

고맙긴 한데, 더워

여름에도 긴팔, 긴바지를 입으시는 할머니는 몸을 드러내는 옷이
나 맨발을 보면 소스라치게 놀라신다.

최대한 얇고 최대한 적게 입어도 숨이 턱턱 막히는 날씨건만 조금
만 살이 드러나도 점잖지 못하다고 흉을 보시고, 발 시리게 왜 그러
고 다니냐며 양말 신으라고 호통을 치실 때도 있다.

거실에 누가 누워 있기라도 하면 어김없이 이불을 들고 오셔서 온
몸을 꽁꽁 싸매 주신다.

바람 한줄기도 뚫고 들어오지 못하도록 빈틈없이 꽁꽁!

정신도 온전하지 않은 상태면서 행여 가족들이 감기라도 걸릴까
이렇게 챙기실 때면, 뭔가 신기하면서도 괜히 뭉클하다.

그리고 덥다.

잠 자지 않습니다!

우리 가족 무수면 훈련의 날은 컴백홈 할머니의 주관 아래 온 가족을 대상으로 실시된다.

누구도 감히 잠을 잘 수 없는 이 고통의 날은 잊을 만하면 한 번씩, 할머니의 과거 여행과 함께 찾아온다.

과거로 여행을 떠나신 할머니에게 지금의 집은 낯선 공간일 뿐이다. 생전 처음 보는 사람들과 전혀 모르는 장소에 있다고 생각하시기 때문에, 집에 보내 달라고 밤새 소리를 지르고 문을 두드리고 짐을 싸신다.

예전엔 1년에 많아야 서너 번이었는데, 요즘 들어 그 주기가 점점 짧아지고 있음을 느낀다.

게다가 전에는 과거 여행을 떠나도 하루면 다시 돌아오셨는데, 최근엔 이틀은 보통이고 심지어 사흘을 갈 때도 있다.

시간 개념조차 사라진 할머니는 우리와 전혀 다른 시간을 사시는 것 같다.

요 며칠 동안은 거실 소파의 당신 자리에 새벽 서너 시에도 오후 서너 시와 똑같이 앉아 있는 할머니를 볼 수 있었다.

아침에 나가야 하는 다른 가족들은 시간이 늦으면 어쩔 수 없이 잠을 청했지만, 엄마는 아니었다. 혹시 모를 사고에 대비해 누군가는 할머니를 밤새 지켜야 했고, 엄마는 언제나 그 누군가를 자청하셨다.

그렇게 요즘의 엄마에겐 한숨도 제대로 못 자는 게 일상이 되었다.

다른 식구들도 편하지만은 않다.

자면서도 마음이 불편해 자다 깨다 반복하니 몸이 힘들고, 오후엔 엄마도 좀 주무시겠거니 애써 생각하며 아침마다 차마 떨어지지 않는 발길을 옮기니 마음도 힘들다.

오마니.

이제 그만 돌아와요.

이번 훈련은 너무 길어요.

꼭 찾아낼 거야

매일 똑같은 대화를 반복하는 아빠와 할머니.

"쟤가 딸이여? 에스케이 댕기나?"
"응응"
"아빠 닮아야 잘 산다는데 쟤는 엄마 닮은 거 같아."
"우리 아들은 아빠 닮아서 잘생겼어."
"그래? 그래, 그게 낫지."
"쟤는 엄마 닮아서 인물이 어떤 거 같아?"
"이이, 쟤는 뭐 그냥… 인물이 별로지. 딸은 아무짝에도 쓸모가 없어. 돈만 잡아먹지."

여기까지 듣다가 더 이상 참지 못하고 할머니께 나름 회심의 일격을 날렸다.

"오마니. 오마니는 엄마 닮았어 아빠 닮았어?"

"이이? 나아? 헤헤헤헤."

할머니는 내 말에 대답을 하지 않고 웃기만 하셨다.

두고 봐.

내가 증조할머니, 증조할아버지 사진 반드시 찾아내고 말겠어.

편 여사의 훈육법

아침에 엄마가 아빠에게 핀잔을 줬다.

"당신은, 그냥 좀 놀다 온다고 하면 되지, 왜 지금 곧 간다고 해서 사람을 기다리게 해. 정말로 금방 오는 줄 알고 올 시간이 지나면 걱정하게 되잖아."

그 모습을 본 할머니가 엄마에게 훈수를 두셨다.

"왜 그랴. 무슨 일이여. 왜? 노름이라도 하러 댕겼댜아? 말한다고 듣나. 차라리 따라 댕겨. 따라가서 옆에 이러~고 앉아 있다가 델고 와."

그러고는 졸지에 노름꾼이 되어 버린 아빠의 어깨를 다독이며 타이르셨다.

"으이그! 몹쓸 짓을 하고 댕기는구먼. 그러면 안 돼. 못써."

조곤조곤한 말투로 두 분을 달래는 모습이 어찌나 능숙하신지!
아빠가 노름을 했고 안 했고는 이미 중요하지 않았다.
엄마가 빙그레 웃으며 고개를 끄덕였다.

"아이고, 우리 어머님 말씀도 참 예쁘게 하시네. 며느리 앞에서는
아들 안 혼내시고, 돌아서서 타이르시네. 저건 배워야겠다."

할머니의 부드러운 중재도, 엄마의 긍정적인 마인드도, 아빠의 묵
비권도 모두, 잘 보고 배워야겠다.

아참, 우리 아빠 노름한 거 아니다.
건전한 생활 스포츠! 내기 당구 하셨다.

가족 이야기 다섯

부부에 대하여

우리 부모님은 연애결혼을 하셨다. 아빠는 엄마 친구의 오빠였다. 군인이었던 오빠와 펜팔이나 좀 해 달라는 친구의 부탁을 들어준 것으로 시작했다가, 엄마에게 푹 반한 아빠의 끈질긴 구애 끝에 결혼을 하셨다고 한다. 두 분의 연애 시절 사진은 지금 봐도 최고의 염장샷. 보고 있으면 절로 손발이 오그라든다.

내가 어릴 때부터 매일 아침 아빠는 엄마에게 뽀뽀를 하고 출근하셨고, 가끔 아빠가 늦어서 그냥 나가려 하면 엄마는 꼭 "뭐 잊은 거 없어?" 하고 눈을 흘기며 아빠를 돌려세우셨다. 아빠는 엄마를 '설담'이라는 애칭으로, 엄마는 아빠를 '자기야!'라고 부르셨다. 장난기 많은 아빠는 시종일관 썰렁한 농담을 던졌고, 엄마는 하나도 안 웃긴다고 핀잔을 줬지만 매번 슬그머니 웃어 주셨다. 두 분을 통해 나는 충분히 표현하는 것, 그리고 끊임없이 서로를 웃게 하기 위해 노력하는 게 사랑이라는 것을 배웠다.

그러나 다들 알다시피, 사랑하는 사람과 아들딸 낳고 산다고 해서 매일 매일이 그저 행복하기만 한 것은 아니다. 우리 가족에게도 힘든 시간은 있었다. 엄마가 많이 아파서 매일 밤 울며 기도를 했던 때도 있었고, 경제적으로 어려웠던 적도 있었고, 나와 오빠가 번갈아 가며 부모님의 속을 태운 적도 있었다.

지금도 사실은 모두에게 참 힘든 시간이다. 가끔 엄마가 주저앉아 울 때도 있고, 아빠가 담배를 물고 밖으로 나가 버린 적도 있다. 그러나 두 분은 곧 서로를 이해하려 노력했고, 양보했고, 희생했다.

그런 부모님을 보면서 나는 부부가 뭔지 조금씩 배워 간다. 부부는 사랑으로 시작해서, 함께 겪는 일들로 더욱 단단해지는 관계다. '사랑만으로 결혼하는 것은 바보 같은 짓이지만 사랑 없는 결혼은 지옥 그 자체'라는 말이 있듯이 부부에게 사랑은 그 무엇보다 중요한 것이지만, 그렇다고 사랑이 전부는 아니다. 그래서 부부에게는 사랑과 함께 둘만의 역사가 필요하다.

사랑하는 남녀가 서로의 손을 놓지 않고 세월을 함께 걷다 보면 그 걸음마다 둘의 이야기가 만들어져 쌓인다. 즐거운 때도 있지만 힘든 때가 더 많다. 누군가가 아플 수도 있고, 태풍이 집을 날려 버릴 수도 있고, 둘 중 한 명이 큰 실수를 할 수도 있다. 그럴 때 시련을 가뿐히 이겨 낼 수 있는 힘을, 사랑이 준다. 서로 죽고 못 살던 때의 추억이 든든한 버팀목이 된다.

함께 겪은 일들이 많아질수록 부부는 서로에게 커다란 의미가 된다. 그렇게 이야기들이 계속 쌓여 한 권의 책이 될 무렵에는, 서로가 서로의 삶에 대체 불가능한 주인공이 되는 것이다. 그것은 남녀 간의 사랑을 넘어선 우정이고, 인간이 다른 인간과 맺을 수 있는 가장 깊은 관계이다.

카피라이터 이시은이 쓴 『짜릿하고 따뜻하게』라는 책에는 "부부는 엇갈려도 괜찮아"라는 문구가 나온다. 부부는 엇갈려도 괜찮아. 무슨 말일까? '겟케이칸 츠키'라는 일본 술 광고에 나오는 이 말을 작가는 이렇게 다시 풀어 말한다.

우리는 엇갈려도 괜찮아.
그보다 더 깊은 관계로 이미 단단히 묶여 있으니까.
잠시 서로의 마음이 어긋났다는 이유로 헤어질 정도면
이렇게 만났을 리 없어.
수많은 사람 중에 하필 서로를 택했을 리가 없어.
이런 기적이 쉽게 일어났을 리는 없어.
이해해 주면 돼.

맞다. 누구든 엇갈릴 수 있다. 그렇지만 당신이니까, 당신이기 때문에, 그래도 괜찮다. 이해해 주면 된다. 앞으로도 괜찮을 거다.

부부는 아주 깊게, 단단히 묶여 있으니까. 세상에 단 하나뿐인 삶의 동반자니까.

내 나이가 어때서

들었다 놨다

아빠가 제일 좋아하는 장난은 가만히 잘 계시는 할머니에게 용돈 달라고 떼쓰는 일.

아빠가 "오마니~ 나 돈 줘. 용돈 줘엉" 하면서 손을 내밀면 할머니는 수줍게 웃으시면서 "에이, 내가 돈이 어디 있어"라고 하시거나 "이이~" 하며 대답을 회피하신다.

매번 같은 질문에 같은 대답이지만 할머니가 아직 대화를 하실 수 있는 상태임을 확인하는 것이기에 우리 가족에게는 그저 소소하지만은 않은, 중요한 일이다.

오늘도 어김없이 아빠는 할머니에게 떼를 썼다.

"오마니~ 나 용돈 줘. 여기 손주도 용돈 좀 주어어엉~."

그랬더니 할머니가 "도온? 먹고 죽을래도 없어~" 하셨다.

예상하지 못한 대답에 다들 빵 터져서 미친 듯이 웃었다.

그런데 웃으면서 할머니를 슬쩍 보니, 어라? 같이 웃고 계셨다.

아!
농담하신 거였다.

우리 할머니,
이 정도면 아직은 괜찮구나.

어떤 날은 아기가 되어 온 식구를 쩔쩔매게 하고.
어떤 날은 오늘처럼 멀쩡하게 농담도 하고.
아주 그냥 자식들을 들었다 놨다 하신다.

한밤중의 물소리

예전에는 진짜 가끔 그러셨는데, 할머니가 요즘엔 연속으로 며칠 동안 새벽에 화장실에 가서 물을 틀어 놓으신다.
손을 씻기 위해 물을 틀었다가 잠그는 걸 깜박하시는 모양이다.
나랑 아빠는 잠들면 물소리 같은 건 전혀 못 듣지만 엄마는 잠귀가 밝아서 물소리에도 깨는 것 같다.

오늘은 이른 새벽에 어렴풋이 엄마의 한숨 소리를 들었다.
밤새 콸콸 쏟아지고 있던 물을 잠그신 것 같았다.

언젠가 엄마가 피곤해서 깊이 잠든 날, 할머니가 물을 틀어 놓으면…
우리 집은 바다가 되겠지.
재미있겠다.
어푸어푸.

나만 아니면 돼

우리 할머니는 절대로 집안일을 하지 않으신다.

연세가 있으니 격한 일은 하실 수 없지만, 가만히 계시는 것보다는
조금씩이라도 움직이는 게 좋을 것 같아 가끔 가볍게 빨래 개는 것
정도를 도와달라고 청하면 별로 안 좋아하신다.

평생 일을 하며 살아서 이제 일이라면 아주 지긋지긋하신가 보다.

할머니가 집안일 하기 싫어하시는 걸 아는 아빠는 또 그걸 가지고
장난을 치신다.

그럴 때마다 어쩜 그렇게 잘 빠져나가시는지, 누구도 당해낼 수가
없다.

"오마니~ 나 밥 줘."

"며느리 있는데 내가 왜 해."

"며느리가 아프대. 아파서 앓아누웠어."

"이이……."

"그러니까 오마니가 밥해 줘야지."

"저기 딸 있는데 내가 왜 해. 쟤보고 하라 그래."

가만히 있던 나까지 끌어들이는 할머니가 웃겨서 살며시 반항을
해 보았다.

"아 싫어. 내가 왜 해. 나도 배고파. 할머니가 안 해 줄 거면 아빠가
밥 줘."
"아이고! 니가 해야지, 미쳤나? 어여 밥 차려, 니네 아빠 배고프댜."

그러니까,
밥은 며느리나 딸이 하는 거다.

그러던 어느 날.
엄마와 내가 함께 외출했다가 돌아왔을 때 아빠가 킥킥거리며 전
해 주신 할머니와 아빠의 대화 내용은 가히 충격적이었다.

"오마니~ 나 밥 줘."
"며느리 워디 갔댜아?"
"밖에 일 있어서 나갔어. 밥 줘어~."
"니가 차려 먹어."
"오마니가 해 줘야지이~."
"아이고! 요즘에는 남자들도 다 알아서들 차려 먹어!"

그러니까,

며느리든 딸이든 아들이든, 할머니 본인만 아니면 되는 거였다.

니. 가. 차. 려. 먹. 어.

할머니 얼굴은 빨개

쉬고 있는 오빠에게 할머니가 걱정이 가득한 목소리로 물었다.

"얘~ 얘~ 너 얼굴이 왜 그렇게 빨갛니?"

전혀 새로운 멘트의 등장에 집안 공기가 술렁였다.
처음에는 오빠도 대수롭지 않게 "몰러~ 안 빨간데" 하고 말았지만,
똑같은 질문이 백 번 넘게 이어지니 지쳐서 동공이 흔들렸다.
보다 못한 엄마가 할머니에게 반격 개시.
"오마니~ 오마니 얼굴이 왜 그렇게 빨개요?"
잠시 당황한 듯한 할머니.
그러나 그녀가 누군가. 작화의 여왕 아니던가.

"으응 그러게? 더워서 그런가, 얼굴이 좀 빨갛네."

우리 할머니, 순발력 최고!
이 정도면 생방송에 나가도 되겠다.
참고로, 요즘 날씨 엄청 선선하다.

내 아들, 많이 먹어라

다 함께 동네 샤브샤브 뷔페로 외식을 나선 우리 식구들.

할머니는 항상 그랬던 것처럼 자리에 앉자마자 테이블에 있는 휴지와 종이로 된 테이블 매트를 접어 옷 속에 숨기셨다.

보고 있으면서도 다들 못 본 척하며 몰래 키득거리고 있는데, 이번에는 겉옷까지 둘둘 말아 꼭 쥐고는 어서 집에 가자고 성화다. 휴지와 종이 숨긴 걸 들키기 전에 재빨리 도주하려고 하시는 듯하다.

그렇지만 아직 그 누구도 배불리 먹지 못한 상황이라 집에 갈 수는 없었다.(여긴 뷔페라고! 뽕을 뽑아야 한다고!)

아빠가 할머니 마음도 몰라주고 음식을 듬뿍 더 가지고 오자 할머니는 결국 폭발하셨다.

"뭐얼 그렇게 많이 가지고 온냐! 언능 집에 가자니께!"

아버지가 투정 반, 애교 반 섞어서 진압에 나선다.

"엄마아~ 아들 배고팡~ 나 배고파앙~."

그러자 사르르 녹아 버리는 할머니.

"이이? 배고파아~? 그려어~ 배고프면 많이 먹어야지."

참 이럴 때 보면 신기하다.

할머니 안에 있는 '엄마'는 우리 아빠의 애교라면 언제 어떤 상황에
서든 바로 봉인해제 되나 보다.

그렇게 왠지 찡한 마음으로 접시에 얼굴을 박고 내 몫의 음식을 열
심히 먹다가, 정수리를 통해 들려오는 할머니의 묵직한 읊조림에
샤브샤브 국물을 온 사방에 뿜을 뻔했다.

"근디… 야! 빨리빨리 좀 먹어."

내 나이가 어때서

충격적인 일이 벌어졌다.
할머니가 '이 풍진 세상' 말고 다른 노래를 부르셨다.
그것도 요즘 사람들이 부르는 노래로.

"야~ 야~ 야~ 내 나이가 어때서~ 사랑하기 딱 좋은 나인데~."

다들 놀라서 눈이 휘둥그레졌다. 그러고는 다 함께 폭소.

"뭐야 이거! 으하핫! 뭐야, 할머니 이상한 노래 불러."
"어머! 세상에 웬일이니. 복지관에서 배우셨나 보다."
"오마니 한 번 더 불러 봐요! 야~ 야~ 야~."
"내 나이가 어때서~ 사랑하기 딱 좋은 나인데~."

그래 그래, 오마니.
아흔이 뭐 어때서!
사랑하기 딱 좋은 나이지.

엄마, 나 군대 갔다 올게

오빠가 기습 입대를 했다.

원래 오빠의 계획은 입대하는 날 "엄마, 나 군대 갔다 올게!" 하는 거였는데, 같이 술 마시고 놀다가 집에 돌아오는 택시 안에서 내게 신나게 비밀을 털어 놓기에 다음 날 아침 눈 뜨자마자 엄마한테 일 렀다.

입대하기 열흘 전이었다.

말뚝 박지 왜?

우리 오빠,

귀엽긴 한데 가끔 장난이 도를 넘는 것이 아빠를 꼭 닮았다.

찰나의 로맨티스트

요즘 단풍이 한창이다.

밖에 나갔다 돌아오는 길에 곱게 물든 빨간 단풍잎을 몇 개 주워 할

머니께 갖다 드렸더니,

주섬주섬 소매 끝에 단풍을 꽂아 팔찌처럼 장식을 하신다.

'어쩜, 소녀 같기도 하시지!'

감동한 지 10초 정도 지났을까?

"뭐여 이건? 아니 누가 여기다가 이런 걸 끼워 놨대애?

막 이렇게 쏙쏙 빠지는구먼, 귀찮게~."

그러더니 휙 뽑아서 매몰차게 던져 버리셨다.

못 살아 정말.

서울깍쟁이

간만에 남자 친구가 집에 놀러 왔다.
할머니에게 그를 데려가 인사시키며 말했다.

"오마니~ 여기 이 총각이 내 신랑이여."
"(나를 한 번 보고, 남자 친구를 한 번 보더니) 이쁘게도 생겼네. 니 신
랑이라고?"
"응응"
"진짜여?"
"그럼 진짜지."
"(남자 친구를 향해) 어이고~ 큰일 났네.
(볼륨을 좀 낮춰서) 저거 완전 깍쟁이여."

다 들려! 들린다고!
내가 깍쟁이인데 왜 큰일이 나.
이 할머니가 진짜.

오하이오 고자이마스

아침에 할머니 방문을 연 엄마의 목소리.

"꺄아악~ 오마니~ 어머어머~ 어머어머 세상에~ 아이고~."

왜? 왜? 왜?
우르르 몰려간 가족들 눈앞에는 곱게 가부키 화장을 한 할머니가
앉아 계셨다.

농담이 아니고 진짜 살짝 무서웠다.
불도 켜지 않은 어두운 방 안에서, 뭐가 제대로 보이려나 싶은 거울
을 바라보며, 파운데이션 한 통을 얼굴에 다 바르신 할머니.
아니지, 아니야.

파운데이션을 얼굴에 입으신 할머니.
파운데이션을 얼굴에 올리신 할머니.
파운데이션을 얼굴에 쓰신 할머니.
파운데이션을 얼굴에 덮으신 할머니.

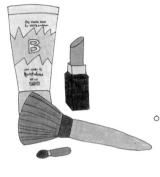

이쁜 할머니는 화장품을 아끼지 않는다.

기왕 바를 거 한 통 다!

서로를 붙잡고 꺼억꺼억 웃는 아빠와 나를 뒤로하고, 엄마는 한숨
을 쉬며 할머니 방에서 파운데이션을 치우셨다.

미안해 엄마.
근데 너무 웃겨.

귀곡 아파트

어느 새벽, 누군가 움직인다.

스스스슥.

화장실을 찾지 못하고 집 안을 떠도는 희끗한 존재.

그 정체는 바로! 할머니다.

새벽마다 소리도 없이 몽유병 환자처럼 돌아다니는 할머니 때문에
식구들 담력이 강철처럼 굳세어지고 있다.

내가 자다가 볼일을 보려고 화장실 문을 열었는데 할머니가 문 바
로 앞에 서 계셔서 심장마비 걸릴 뻔한 적도 있고, 엄마가 새벽에
잠이 안 와 거실에 나왔는데 할머니가 어둠 속 소파에 마피아 두목
포스로 앉아 계셔서 간 떨어질 뻔한 적도 있다.

그러나 가장 강렬했던 건, 아빠가 주무시다가 인기척에 눈을 뜨니
할머니가 얼굴을 빤히 내려다보고 계셔서 그대로 기절할 뻔한 일
이다.

아빠는 이게 꿈인가 생시인가, 가위에 눌린 건가 싶었다고 한다.

군대 간 오빠 방도 비었는데, 이참에 외국인 관광객 대상 도시 민박
이나 해 볼까?

작별 인사는 하지 말아요

평화로운 오후, 갑자기 전화벨이 울렸다.
복지관 선생님이었다.

"오늘 할머님이 좀 이상하세요. 자꾸 선생님들 한 분 한 분 손을 잡고 그동안 정말 고마웠다면서 작별 인사를 하시네요. 자긴 이제 돌아간다고. 아무래도 기분이 영 이상해요. 오늘 밤에는 잘 좀 살펴주세요."

전화를 끊고 선생님의 말을 전하는 엄마의 눈에는 걱정이 한가득이었다.
좀 그렇지 않은가.
갑자기 작별 인사를 하신다는 게.
노인들이 돌아가실 때면 본인이 떠날 때가 되었음을 직감적으로 알고 잠시 정신이 돌아와 주변에 인사를 하신다더니, 혹시 그런 건가 싶어서 마음이 어지러웠다.

그날 밤 우리 가족들은 내내 가슴 졸이며 잠을 설쳤다.

혹시라도 무슨 일이 생기면 바로 움직일 수 있도록 긴장한 채, 하얗게 밤을 새운 것이다.

다행히 밤새 아무 일도 없었다.

다음 날 아침이 밝자, 할머니가 방문을 열고 나오며 말씀하셨다.

"오늘 나 복지관 가는 날이지? 에헤헷!"

속았다.

오마니, 이제 다시는 그러지 마.

무서워.

아들 맞다니까

날씨 좋은 주말.

교외의 주꾸미 맛집에서 모두가 포식을 하고 식당 밖 테이블에서

커피를 마시고 있는데 할머니가 아빠에게 아들의 행방을 물었다.

"우리 아들은 어디 갔어요?"

"응?"

"아니 우리 아들이 어디에 있냐고."

"아들 여기 있잖아."

"아니여~."

"뭐가 아니여. 내가 오마니 아들이여!"

"이이… 헤헤."

곤란한 듯 웃어넘기는 할머니 표정은 더도 말고 덜도 말고 딱 이거

였다.

웃기시네!

"옴마? 안 믿네? 나 진짜 오마니 아들 맞아!"

"그려어~. 뭐, 좋으면 다 아들이지."

"아니, 좋으면 다 아들이 아니라 내가 진짜 아들이라고!"

"뭐 그럼 또 하나 생겼구만! 아들이. 헤헤헤."

선심 쓰듯 말씀하시는 할머니의 표정은 여전히 그거였다.

웃기시네!

아빠, 힘내세요.

친엄마 맞을 거야.

아빠랑 오마니랑 엄청 닮았어요.

그나저나 이를 어쩌나.

부친을 닮아야 잘 산다는데.

아이고 매워!

예전부터 할머니는, 맛을 제대로 못 느끼는 것같이 행동하셨다.
뽀얀 사골 국물을 드시고는 "아이고 매워" 하시고, 동그랑땡을 드시
고는 "아이 서" 하시며 밀어내는 식이다. 하지만 정말 매운 낙지볶
음은 "이거 맛있다" 하면서 아주 잘 드셨다.
그럴 때마다 내가 한 추측은 세 가지였다.

맛을 느끼는 기능에 문제가 생겼거나,
맛을 표현하는 언어 능력에 문제가 생겼거나,
사골이랑 동그랑땡이 맛이 없거나.

인터넷에서 찾아 보니 치매 증상 중에 감각장애와 언어장애가 있
단다. 맛과 냄새를 구별하지 못하고 말도 못 하게 된다니, 정말 무
서운 병이다.
별로 맛이 없어서 그러셨다고 장난처럼 생각한 게 좀 죄송했다.

슬프다.
치매 무섭다.

그런데 최근에는 뭔가 또 변하셨다.

먹고 싶지 않은 건 무조건 맵다고 하시는 것 같다는 느낌적 느낌.

오늘 저녁 반찬으로 고기를 드렸는데, 고기가 좀 질겼는지 잘 못 드
셨다. 혹시 씹는 게 힘드시나 싶어 엄마가 급히 죽을 쑤어 드렸는
데, "아이고 매워! 매워서 못 먹겠다" 하셨다.

그냥 뽀얀 쌀죽인데.

'혹시 이건?' 하는 마음으로 매콤한 닭강정을 드렸더니 아주 그냥
꿀맛인지 냠냠냠 잘도 드셨다.

'그렇다면 이건?' 하며 심심하게 구운 단호박을 드렸더니 "아이고,
매워서 못 먹겠네~" 하신다.

오마니, 솔직히 말해.

단호박이 매워, 닭강정이 매워?

웃기다.

치매 수상하다.

늙은 이등병의 비애

온 가족이 다 함께 오빠 면회를 갔다.

할머니까지 총 출동해서 부대 근처 펜션을 잡았다.

엄마는 오빠가 좋아하는 음식들을 차에 가득 실었다. 한눈에 봐도 인간의 한계를 시험하는 양이었다.

'저걸 이틀 동안 다 먹으면 군대가 아니라 푸드 파이터 대회에 나가 야지'라고 생각했지만 말하진 않았다.

엄마들이 다 그렇지 뭐.

집이 아닌 다른 곳에서 하루 자고 와야 하는 일정은 환경이 바뀌면 과거로 돌아가는 할머니를 생각했을 때 굉장한 도전이었지만, 오 빠를 보고 싶은 식구들의 마음이 모여 더 굉장한 용기를 만들었다. 계속 여기가 어디냐, 너는 누구냐, 이제 그만 집에 가자고 하시는 할머니를 어르고 달래 가며 도착한 강원도에서, 할머니는 다행히 정신을 아주 놓지는 않으셨다.

오빠가 군복도 입혀 드리고 모자도 씌워 드리니 오히려 활짝 웃으 며 좋아하셨다.

할머니가 괜찮으시니 식구들도 안심하고 재회를 즐겼다. 미리 잡

진작 가지 그랬어

아 놓은 숙소에 가서 엄마가 준비한 음식을 먹고 먹고 또 먹고…
먹다 지쳐 쉬고 있을 때, 내가 오빠에게 물었다.

"예쁜 여동생 있다고 하니까 고참들이 잘해 주지?"
"야, 너는 하나도 도움 안 돼!"

왜냐고 묻는 내게 오빠가 들려준 이야기는 슬펐다.

"형제가 어떻게 되나?"
"여동생이 하나 있습니다아!"
"와우! 여동생 몇 살인가?"
"스물아홉입니다아!"
"아… 그분… 뭐하세요?"

순간 튀어나온 존댓말에 고참도 울고 오빠도 울고, 뒤늦게 전해 들
은 나도 울었다.
미안해.
그러게 누가 그 나이에 군대 가래?

거울 속에는 늘 거울 속의 내가 있소

얼마 전.

할머니가 현관문 앞에 있는 전신거울 앞에 다소곳하게 손을 모으고 서서 본인의 얼굴을 한참 동안 가만히 바라보시다가, 아주 우아하고 예의 바르게 허리를 굽혀 인사를 하고 돌아와 소파에 앉으셨다.

그런 모습을 처음 봤을 때는 '드디어 우리 할머니가 거울 속 자신을 못 알아보는 단계까지 왔구나!' 싶어 가슴이 덜컹했었는데, 이제는 한술 더 떠서 거울 속의 본인과 대화까지 하신다.

거실에 앉아 있는데 방에 계시던 할머니가 문을 열고 나오는 기척 뒤에 "여기 화장실이 어디 있어요?"라고 묻는 소리가 들렸다.

갑자기 왜 나한테 존대를 하시나, 아이고 또 과거로 시간여행 가셨나 싶어서 돌아보니, 거울에 비친 자신의 모습을 보며 화장실이 어디냐고 거듭 묻고 계셨다.

내가 "오마니 여기서 뭐 해요!" 했더니만 경계심 가득한 눈빛으로 나를 힐끗 보시고는 다시 거울 속의 자신에게 "쟤가 지금 뭐라고 하는 거예요?" 하고 물으셨다.

would you introduce myself?

그러더니 "들어오세요. 문 열고 들어와요"라고 하셨다.

아아.
이 감정을 어떻게 설명해야 할지 모르겠다.
그냥 다 꿈이었으면 좋겠다.

아빠는 스파이더맨

한 번도 생각해 보지 못한 일들이 일어나는 게 이제는 너무 익숙하다…
라고 말하고 싶지만 사실은 절대 익숙해지지 않는다.
'한 번도 생각해 보지 못한 일'들이 너무나 많기 때문이다.

오늘은 온 식구가 다 쫓겨났다.
식구들이 집 앞에 잠시 나간 사이 할머니가 현관문을 잠가 버린 것이다. 아마 밖으로 나오려 하시다가 잠금 버튼을 누르고, 잠금이 풀릴 수 없도록 홀드 버튼까지 누르신 것 같았다.
밖에서 아무리 맞는 번호를 눌러도,
띠또띠또띠또~
소리만 요란할 뿐 문은 열리지 않았다.

"오마니! 문 옆에 동그란 버튼을 누르세요."

혹시나 싶어 계속 소릴 질러 봤지만, 할머니가 그런 조작을 하실 수 있을 리 없다.

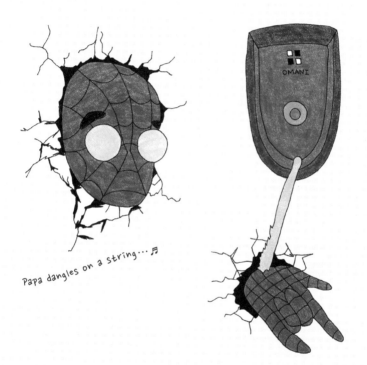

Papa dangles on a string··· ♬

자꾸 문에서 날카롭고 시끄러운 소리가 나니까, 게다가 밖에서 식구들이 계속 웅성거리니까 할머니도 당황하셨는지 주먹으로 문을 두드리고, 문고리를 잡고 흔들고, 소리를 지르셨다.

흥분해서 혈압이라도 오르면 큰일이었다.

결국 안에서 문을 여는 것을 포기하고 다른 방법을 찾았다.

우리 집은 2층이니까 잘하면 베란다 쪽으로 넘어 들어갈 수 있을 것 같았다.

즉시 관리실에서 긴 사다리를 빌렸다.

아빠가 사다리를 타고 오르기 시작하자 지나가던 동네 사람들이 다들 걸음을 멈추고 그 풍경을 구경했다.

모두가 한마음으로 응원을 하고 있는데, 문제가 생겼다. 사다리 끝까지 올라간 아빠의 손이 베란다 문턱에 닿질 않았던 것이다.

이제 어떻게 해야 하나 고민하고 있는데,

휘이익!

아빠가 점프를 하더니 베란다 외벽에 대롱대롱 매달리셨다. 내일 모레 환갑이라는 게 믿기지 않을 만큼 날쌘 몸놀림이었다.

안간힘 끝에 베란다 난간을 넘어 들어가는 데 성공한 아빠는 경비실 아저씨와 동네 사람들에게 열렬한 박수갈채를 받았다. 할머니는 베란다 창으로 들어오는 아빠를 거실에서 물끄러미 보고 계셨다.

아빠의 멋진 모습에 한껏 고무된 엄마와 나는 계단을 두세 칸씩 건너뛰어 현관문으로 달려갔고 마침내 띠리링! 문 열리는 소리가 났다. 다들 감격한 얼굴로 현관에 서 있는데 할머니가 천천히 다가와 말씀하셨다.

"어디를 그렇게들 갔다 온댜아?"

흐!
그렇게 아무것도 모른다는 눈빛으로 말하지 마, 오마니.
아들을 거미인간으로 만들어 놓고.

내 사랑 며느리

할머니는 이제 정말 아무도 못 알아보신다.

우리 집에 우리 식구들끼리만 있으면 간혹 알아보시기도 하는데, 집에 손님이 한 명이라도 오거나 집 아닌 곳에 가거나 할 때는 그마저도 안 된다. 환경에 아주 작은 변화라도 생기면 곧바로 모두를 못 알아보시는 것이다.

어느 정도냐 하면, 집에서는 "오마니, 나 누구야?" 하면 "너? 비을이(별이)" 하시다가도 함께 손을 잡고 아파트 단지 입구까지 걸어가서 손을 살짝 놓고 "안녕하세요" 하면 "네에, 안녕하세요~" 하신다.

할머니가 점점 더 정신을 놓고 있다는 것을 다들 알지만 그래도 자꾸만 확인하고 싶은 게 가족들 마음인지라, 아빠는 오늘도 어김없이 할머니를 붙잡고 물어보셨다.

"오마니~ 아들 이름이 뭐야?"

"몰러. 다 까먹었어."

"성웅이잖아, 김성웅!"

"이이이~ 기저우." (제대로 따라 하지도 못하신다)

"오마니~ 그럼 며느리 이름은 뭐야?"

"글쎄에… 뭐더라?"

"인실이잖아, 최인실!"

"이이~ 최인실."

오! 발음이 너무 정확하다. 놀란 아빠가 다시 물으셨다.

"오마니, 며느리 이름이 뭐라고?"

"인실이. 최인실!"

아아, 믿을 수 없다. 마지막으로 한 번만 더.

"오마니, 며느리 이름이 뭐라고?"

"몰러. 최인실인가?"

오 마이 갓!

할머니는 그 뒤로도 한참 동안 엄마 이름을 정확히 기억하셨다.

하루 중 가장 많은 시간을 같이 보내는 두 사람!

함께한 시간의 힘이다.

친아들 논란의 끝

할머니는 목욕하는 걸 좋아하지 않으신다.
그래서 목욕을 하실 때면 늘 크고 작은 실랑이가 생긴다.
오늘도 어김없이 아빠와 실랑이를 벌이셨다.

"오마니, 목욕하러 가자."
"아이 시려~."
"에이, 목욕하고 아들한테 가자아."
"잉? 아들한데 가아?"
"응! 아들이 예쁘게 하고 오래."
"그냥 아들이 데리러 오면 안 되나?"
"목욕하면 데리러 온대. 일단 씻자!"

여기까진 순조로운데, 문제는 그다음이다.

"너는 엄마 있어?"

"으응?"

"엄마 있어?"

"…나, 엄마 없어."

"아이구, 엄마가 일찍 죽었구나. 안됐네, 으이그."

아빠, 이제 포기한 거야?

안됐네, 으이그.

낭만적 유전

큰맘 먹고 인형 정리를 했다.

오래된 상자에서는 인형이 한가득 나왔다.

이사할 때마다 부모님과 얼굴 붉혀 가며 사수한 소중한 것들이었다.

쓸 데도 없는 걸 왜 좋아하냐고?

글쎄……

복실복실한 것들은 안고 있으면 포근해서 좋고, 예쁜 것들은 가만히 만지면서 바라만 봐도 좋고, 덩치가 큰 놈들은 가끔 열 받을 때 스파링 상대로 좋다.

그리고 무엇보다도, 녀석들마다 사연과 추억이 있어서 좋다.

그렇게 내 인형 상자 속에는 여섯 살 때 외삼촌이 주신 잠자는 소녀 오르골 인형부터 중학교 때 오빠가 뽑기로 뽑아 준 인형까지, 10년 이상 된 고참 인형부터 1개월차 신입 인형까지 대가족이 모여서 와글와글 살고 있다.

무엇 하나 버리고 싶지 않았지만 버려야 할 것들을 제때 정리하는 용기도 필요하기에, 꼭 간직하고 싶은 것들만 추려내고 남은 녀석들을 할머니께 드렸다.

갑작스러운 손녀의 선물에 할머니는 함박웃음을 지으며 좋아하셨다.

그중에서도 하얀 토끼인형이 가장 마음에 드셨는지, 그것을 집어 올려 의자 팔걸이에 곱게 앉히셨다.

그러고는 인형을 쓰다듬고 또 쓰다듬고, 예쁘다는 듯이 바라보고, 토끼 팔에 묻은 먼지를 침 발라 닦으면서 무척이나 아끼신다.

내가 인형을 좋아하는 이유, 하나 더 찾은 거 같다.

유전이다!

낭만적인 유전.

최 셰프의 능력

할머니를 식탁에 모시고 가려고 했더니 '뭐가 가슴꺼정 차올라서'
배가 부르다며 식사를 거부하셨다.
아무리 유혹과 겁박을 동원해 설득해도 요지부동.
결국 나는 할머니를 부엌으로 모시는 걸 포기해 버렸다.

"엄마~ 할머니 식사 안 하신대요. 배 부르시다는데?"

그러자 엄마가 그릇 하나를 가만히 식탁에 올리며 말씀하셨다.

"오마니~ 잡채 드세요."

그러자 할머니는 언제 그랬냐는 듯 벌떡 일어나 자리에 앉으시더
니 게 눈 감추듯 한 그릇 뚝딱 해치우셨다.

오늘의 정답은?
잡채였습니다!
정답자 최 셰프님께는 따님의 존경 포인트 10점이 부여됩니다.

내가 받은 것들

컴퓨터에 쌓여 있는 사진들을 정리하다가 할머니가 처음 우리 집에 오셨을 무렵의 사진을 보았다.

사진 속에선 지금보다 훨씬 젊은 할머니가 환하게 웃고 있었다.

머리도 (염색이긴 하지만) 검고 몸도 통통한 것이, 할머니가 아니라 아줌마 같았다.

벌써 시간이 이렇게 흘렀구나!

그동안 나는 점점 더 커지고, 할머니는 점점 더 작아지셨다.

천방지축 여대생이 어엿한 직장인이 되어 독립을 준비할 동안, 아줌마 같던 할머니는 작고 쪼글쪼글한 아흔 살 노파가 되었다.

임권택 감독의 영화 〈축제〉의 한 장면이 생각난다.

집에서 가장 나이도 많고 어른인 할머니가 왜 점점 작아지는지 어린 손녀가 궁금해하자, 집안 어른들은 이렇게 대답한다.

"그야 우리 은지가 할미 나이를 다 뺏어먹으니까 그렇지."

"할머니도 원래는 엄마나 아빠보다 크셨는데, 어른이 되고부터 그 나이를 아빠나 엄마에게 나누어 주느라 그만큼씩 작아지신 거란

다."

"할머니의 키가 여전히 작아지고 계신 건, 은지가 태어나면서부터 이번에는 또 은지에게 나이를 나눠 주고 계시기 때문이지."

손녀는 새롭게 알게 된 사실이 신기하고 고마웠지만, 이내 할머니에게 미안한 마음이 든다.

나는 지금의 내가 영화 속 작은 아이와 다르지 않다는 사실을 깨달았다.
아니, 어쩌면 그보다 못하다는 것을!
나의 삶을 부모님이 주셨다는 것쯤은 어렴풋이 알고 있었지만, 그걸 내게 주시느라 부모님이 잃어 가는 것들에 대해서는 생각한 적이 없었다.
너무 당연하게 받기만 하는 동안 30년이 흘렀다.

세 가지의 생

사람은 단지 나고 죽는 단 한 번만의 생을 누리는 것이 아니라 실은 세 번의 생을 경험하게 되는 것 같은 느낌을 받는다. 어릴 때 인간은 자기를 낳아 준 부모님의 삶을 간접적으로 경험하게 되며, 결혼해서 애를 낳으면 자신의 삶뿐 아니라 애를 통해서 또 하나의 삶을 경험하게 되는 것이다. 그러니 결론적으로 신은 한 사람의 삶에 세 가지의 생을 부여하신 사실을 나는 느끼고 있다.

최인호가 쓴 『나의 딸의 딸』이라는 책의 첫 부분이다. 나처럼 조부모의 삶까지 간접적으로 경험하는 사람은 네 가지 생을 부여받은 셈이니 신이 나를 편애한 걸까. 그렇다면 감사할 일이다.

할머니들과 함께 살기 시작하면서부터 나는 '어떤 모습으로 늙을 것인가' '어떤 사람으로 죽을 것인가'에 대해 많이 생각하는 사람이 되었다. 노화와 죽음의 기운을 생활 속에서 느끼며 살다 보니 자연스럽게 그렇게 됐다. 그냥 막연하게 떠올리는 수준이 아니라 구체적으로 스스로의 중년과, 노년과, 죽음을 자주 상상한다. 그러다 보면 내 삶과 내 미래의 삶을 같이 펼쳐 놓고 동시에 살고 있는 듯한 착각에 빠지기도 한다. 나는 이미 세 가지 생을 살아내고 있는 것이다.

그리고 하나의 생이 더 남았다. 자식의 생! 최인호 작가는 자식들의 성장을 보며 문득문득 자신의 생을 재확인하게 된다고 했다. 아이들이 소꿉장난을 하며 흉내 내는 자신의 모습에 깜짝 놀랐다는 (약간은 뻔한) 얘기지만, 자식들이 부모를 보며 미래를 보듯 부모도 자식들을 보며 과거와 현재를 새삼 살피게 된다는 건 분명한 것 같다.

아직 존재하지 않는 내 자식들 생각보다, 나는 지금 부모님이 내 모습을 보며 어떤 생각을 하실지 궁금하다. 나를 통해 살고 계시는 또 하나의 생이 부디 행복하시면 좋겠다. 그걸 위해서라도 나는 더욱 열심히 살 수밖에 없는 것이다.

아, 인간에게 생을 여러 개 주신 신의 뜻이 이거였을까?

부모에게는 자식의 생, 자식에게는 부모의 생을 연결시켜 함께 살게 함으로써 각자 자신의 삶을 더욱 소중히 대하도록 하기 위해서.

힘들어도 가야지

"오마니, 별이 시집간대."
"얘가?"
"응."
"진짜아?"
"으응."
"아이고 힘들겠네. 시집가면 힘들어."

아 진짜?
그걸 왜 이제 얘기해 줘!
뭐 아무튼.

"할머니, 나 시집가."

"니가 몇 살이지?"

"스무 살!"

"아이고 많이도 먹었네. 시집가면 힘들어."

아 그러니까,

축하를 해 달라고! 사람 불안하게 하지 말고.

"시집가면 뭐가 힘들어?"

"다 잘하면 좋겠지만… 그렇지 않으니까 힘이 들지."

"잘 못하면 막 시어머니한테 혼나?"

"어이구! 혼나긴 왜 혼나. 니가 몇 살이지?"

"스무 살."

"아이고 많이도 먹었네. 시집가면 힘들어."

"힘든데 그냥 가지 말까?"

"에이, 그래도 가야지! (거실에서 바느질 중인 엄마를 보시며) 쟤도 시집가는 애야?"

"응응, 쟤(엄마)도 시집왔지."

"에휴~ 시집가면 힘들어."

"어, 쟤 요즘 무지 힘들어. 오마니, 나 그럼 힘드니까 시집가지 말까?"

"에이! 힘들어도 가야지!"

"왜? 힘든데 왜 가?"

"시집도 못 갔다고 흉 잡혀."

"아 그게 뭐여~."

"니가 몇 살이지?"

"……"

이러고 다 같이 모여 아침부터 투닥거리는 것도 이제 얼마 안 남았
구나.

생각하니 좀 슬프네.

시집가면 제일 힘들 일이 뭔지 알겠네.

그리울 거야, 많이.

시집가는 날

오마니.

오늘 나 시집가는 날인데 사람들이 다 할머니 참 고우시다고 난리
야. 누가 그렇게 핫핑크로 다 맞춰 입고 오래! 주인공도 아니면서
정말…

오늘이 마지막이니까 딱 한 번만 봐 줄게.

거기 그대로 앉아서 잘 보세요.

앞으로도 쭉.

그렇게 계속 나 보고 있어야 해.

아빠 안 닮아도 잘 사는지 어쩐지.

끝까지 보고 가요.

안녕 오빠

Epilogue · 또 한 명의 가족

"엄마! 아빠! 나 왔어요."
"장모님! 장인어른! 저 왔습니다."

오래간만에 와도 언제나 변함없는 우리 집.
거실의 할머니 소파.
할머니는 언제나 같은 자리에 앉아 계신다.

그사이 할머니는 더 작아지셨다.
주무시는 시간이 늘어났고, 이제는 정말로 아무도 못 알아보신다.
아기들이 하루가 다르게 자라는 것처럼, 할머니는 꼭 그만큼 빠른
속도로 늙나 보다.
혼자 울적해하고 있는데 신랑이 할머니에게 다가가 말을 건다.

"오마니~ 더운데 이거 벗을까요?"

"이이?"

"더운데 이거 벗을까? 이렇게 이렇게 벗을까아?"

자연스럽게 반말을 섞어 쓰는 신랑의 모습에 놀랐다.

게다가 말투가 우리 아빠랑 똑같다.

할머니를 '오마니'라고 부르는 사람이 한 명 더 늘어났다.

이렇게 또 한 명의 가족이 생겼다.

치코와 리타를 친정에 처음 데려갔던 날.

잠깐의 신경전과 추격전이 있긴 했지만

할머니는 녀석들을 달래는 방법을 금세 알아내셨다.

"오마니, 강아지들 어떻게 한 거야? 폭 안겨 있네?"
"이이… 다 줘 버렸지 뭐."
"안 아까워?"
"그럼! 원래 식구들한테는 아까운 게 없는 거여."

오마니, 고마워요!
우리도 서로에게 그런 가족이 될게요.